KB079642

웃음을 선물할게

창비청소년문학 91
웃음을 선물할게

초판 1쇄 발행 • 2019년 7월 26일
초판 4쇄 발행 • 2021년 9월 16일

지은이 • 김이설 박상영 윤성희 서진 박하익 최상희 배명훈 진형민 김중미 김해원
펴낸이 • 강일우
책임편집 • 정민교
조판 • 신혜원
펴낸곳 • (주)창비
등록 • 1986년 8월 5일 제85호
주소 • 10881 경기도 파주시 회동길 184
전화 • 031-955-3333
팩시밀리 • 영업 031-955-3399 편집 031-955-3400
홈페이지 • www.changbi.com
전자우편 • ya@changbi.com

ISBN 978-89-364-5691-7 43810

웃음을 선물할게

김이설 박상영 윤성희 서 진 박하익
최상희 배명훈 진형민 김중미 김해원

창비

차례

김이설

+ 작가 노트

김이설

2006년 서울신문 신춘문예에 「열세 살」이 당선되며 작품 활동을 시작했다. 소설집 『아무도 말하지 않는 것들』 『오늘처럼 고요히』, 장편소설 『나쁜 피』 『환영』 『선화』 등이 있다.

저스트 댄스

1

박진우에게 페메를 보내다니! 디제잉반의 광광대는 시끄러운 음악 속에서도 심장 뛰는 소리가 들리는 것 같았다. 수업이 끝난 지 이십 분이나 지났는데 자꾸 숨이 가라앉지 않는 것도 박진우에게 보낸 페메 때문인 것 같았다.

나랑 사귈래?

나는 고개를 푹 숙이고 주변을 힐끔거렸다. 어떻게 그런 메시지를 보낼 생각을 했을까. 후회가 됐지만 이미 엎질러진 물이었다. 방금 전까지 함께 발표반에서 춤을 추던 박진우였는데, 어디 갔는지 보이지 않았다. 나는 대기실에 모여 있는 남자애들을 훑어보았다. 최명석, 엄상호, 임형준, 김택수까지 다 있었지만 박진우만 없었다. 아, 도대체 무슨 생각이었던 거지!

그때 대기실로 박진우가 들어오는 게 보였다. 밖에 있다 오는 것인지 내 앞을 지날 때 찬 기운이 와락 달려들었다. 박진우의 손에 핸드폰이 쥐어져 있었다. 나는 고개를 푹 숙였다. 옆에 앉아 있던 다연이 옆구리를 쿡 찔렀다.

"뭐냐?"

"뭐가?"

"뭐냐니까."

나는 감추듯이 폰을 끄고 일어섰다. 다음 시간은 하우스 수업이었고 다연은 어반 수업이었다. 어반을 듣지 않는 것이 괜히 아쉬웠다. 어반반의 정식 명칭은 안무반이었지만 다들 그냥 어반반이라고 불렀다. 어반 댄스는 여러 장르가 한데 어우러진 춤이어서 추는 사람의 개성이 확실히 드러나는 춤이었다. 웬만한 장르를 다 춰 본 사람이나 수월하다면서 원장 샘은 나에게 권하지 않았다. 그 대신 로킹이나 왁킹, 아니면 어려워도 힙합이나 하우스가 어떻겠냐고 물었다. 내가 고른 건 하우스와 로킹이었다. 팔을 많이 사용하는 왁킹은 팔과 어깨선이 예쁘고 날씬한 애들이 많이 췄다. 박자에 맞춰 리듬을 타면서 팔을 쭉쭉 뻗을 때 허리의 유연성이 살아나는 걸 보면 절로 감탄이 나왔다. 하지만 내 취향은 아니었다. 나는 발을 끊임없이 움직이는 하우스가 좋았다. 박자를 쪼개 가며 하체를 현란하게 움직이다 보면 팔과 상체가 자연스럽게 리듬에 녹아들었다. 절도와 자유로움을 동시에 느낄 수 있는 하우스는 매력적인 춤이었다.

저스트 댄스 학원은 개원한 지 이 년이 채 안 되었는데도 수강생이 삼백여 명으로 늘었다고 했다. 근처 중고등학교는 물론이고 초등학교에서도 저스트 댄스 학원을 모르는 아이가 없을 정도였다. 다시 말해 춤깨나 추는 애들은 다 다닌다는 뜻이었다. 그 속에서 나는 종종 소외감을 느끼곤 했다. 나는 춤을 잘 춰서 다니는 것이 아니기 때문이었다.

엄마는 애초에 공부가 내 길이 아니라고 선언해 주었다. 중학교 1학년의 자유학년제가 끝나고 처음 치른 2학년 1학기 중간고사 성적표를 받아 든 엄마의 반응이었다. 나는 그런 엄마에게 더 열심히 공부하겠다, 그래서 성적 올리겠다, 같은 말을 하지 않았다. 자신이 없기도 했고, 내가 생각해도 엄마 말이 맞는 것 같기 때문이었다. 2학년 여름 방학 동안 미술 학원에 다녔지만 선생님에게 전공을 할 건 아니지요?라는 말을 들은 후에 당장 때려치웠다. 다음은 악기였다. 첼로나 바이올린, 피아노는 이미 늦었고 지금이라도 할 수 있는 것은 관악기 정도였는데 엄마가 기타를 하라고 했다. 그나

마 쉽고 무난하지 않겠느냐는 것이 이유였지만 악기 중에서 가장 가격이 저렴하기 때문이라는 걸 나라고 모를 리 없었다. 기타는 반년을 했는데, 소질도 없는 데다가 연습량도 턱없이 부족했고, 무엇보다 내가 흥미를 보이지 않는다는 선생님의 말에 당장 레슨을 그만두게 했다. 엄마가 꽤나 음치인 덕분에 성악 같은 건 염두에 두지 않은 게 얼마나 다행인지 몰랐다. 예체능에서 남은 건 체육. 그러나 여자가 무슨 운동이냐는 아빠의 성차별적인 발언으로 운동 종류는 아예 쳐다보지도 않았다. 피겨나 발레, 무용을 하기엔 나는 너무 나이를 먹었고 뚱뚱했다.

엄마는 초심으로 돌아가자며 다시 영수 학원을 알아보기 시작했다. 나는 별말 없이 엄마가 하자는 대로 했을 뿐인데 어쩜 그렇게 머리가 없느냐는 타박을 매일같이 들어야 했다. 억울했지만 틀린 말도 아니어서 뭐라 대꾸하지도 못했다. 그러는 사이 3학년이 코앞이었다. 영수 학원은 레벨별로 운영되었고, 공부가 아닌 다른 재능을 찾아다니던 나는 결국 이도 저도 해 낸 거 없이 영수 학원에서 가장 아랫반에서 쩔쩔매는 아이가 되어 있었다.

2

박진우를 알게 된 건 2학년 가을 수련회에서였다. 반별 장기 자랑 시간이었는데 3반의 한 남자애가 혼자 무대로 올라왔다. 그 애는 방탄소년단의 〈FAKE LOVE〉를 추고 무대를 내려갔다. 원래 일곱 명이 추는 춤인데, 온전히 그 애 혼자 무대를 꽉 채운 느낌이었다. 꼴에 방탄 노래를 골랐다며 싫어하는 애들도 있었지만 나는 좋았다. 방탄 노래를 고른 것도, 안무대로 춤을 소화한 것도 마음에 들었다. 박진우는 춤을 잘 추는 아이로 소문이 났고 그 사실에 반박하는 사람은 아무도 없었다. 이제 우리 학교에서, 아니, 근방에서 박진우를 모르는 애들은 없었다. 박진우는 지역 축제에 불려 다녔고 소속사 오디션도 계속 보러 다닌다고 했다. 스스로 꿈을 쫓아다니는 아이. 그게 박진우였다.

3학년이 되었지만, 나는 아직 내 길을 찾지 못하고 있었다. 어떤 선생님은 진로를 천천히 찾아도 된다고 했고 어떤 선생님은 빨리 정해서 한길만 파고들라고, 어쩌면 이미 늦었는지도 모른다고 닦달했다. 진로를, 진정 자기가 하고 싶은 걸, 꿈을 어떻게 찾아야 하는지 알려 주는 선생님은 없었다. 그래서 나는 댄스 학원에 넣어 달라고 엄마에게 말했다. 같은 반 친구 다연에게서 댄스 학원에 박진우가 다닌다는 말을 듣고, 그날 곧바로 말한 것이다. 쇠뿔도 단김에 빼라고 하지 않았나. 처음으로 내가 먼저 무언가를 하게 해 달라고 한 것에 엄마는 상기된 듯했다. 무슨 댄스 학원이냐고, 갑자기 그런 생각을 한 이유가 무엇이냐고 물어보면 뭐라 대답해야 할지 채 준비하지도 못했는데 엄마는 의외로 쉽게 들어주었다. 엄마는 나를 사랑했고, 현실적인 사람이었다.

"그래, 영어 수학보다는 낫겠지. 그래도 수강비 내 놓은 거 있으니까 이번 달까지는 다녀. 댄스는 다음 달부터."

나는 고개를 세차게 끄덕였다.

저스트 댄스 학원은 크게 방송 댄스, 스트릿 댄스, 오디션, 입시, 공연반으로 나뉘어져 있었다. 장르별로는 파핑, 로킹, 왁킹, 힙합, 하우스, 어반, 재즈 댄스 등을 배울 수 있었다. 무슨 말인지 모르겠다는 엄마는 "그래서 저희 애는 뭐부터 배워야 하나요?"라고 물었다. 순간 얼굴이 뜨거워졌지만 가장 정확한 질문이기는 했다.

"우선 기초반을 수강하면서 좋아하는 장르를 찾아보죠. 입시반은 고1부터 시작하니까, 아직 시간 많습니다."

힙합 복장에 비니를 쓴 원장 샘과 엄마가 상담을 하는 사이 나는 어렵지 않게 박진우를 찾을 수 있었다. 파핑 수업 중인지 온몸의 관절을 튕기는 모습이 끝내줬다. 상담 당일 바로 시작하자고 해서 당황한 것 말고는 마음에 드는 학원이었다.

사무실로 쓰는 방 외에 안무실은 총 여섯 개였고, 전면 거울 한 면씩을 제외하고 안무실의 모든 벽면은 유리로 되어 있었다. 어느 반에서 무슨 수업을 하는지 한눈에 볼 수 있었다. 나는 일주일에 두 번 기초반 수업을 들었고 기초반 샘은 언제든지 연습을 하러 와도 된다고 했다. 다연에게는 구경 간다는 핑계를, 엄마에게는 연습하러 간다는 핑계를 대고 일주일 내내 학원에 갔다. 엄마는 감격

스러운 표정이었고 다연은 무슨 꿍꿍이냐며 자꾸 옆구리를 찔러 댔다.

댄스 학원에서 박진우를 찾는 건 어렵지 않았다. 알고 보니 춤 좀 춘다는 애들은 수업을 적어도 서너 개씩 수강하고 있었고 박진우는 파핑, 힙합, K-pop, 어반, 오디션반까지 하고 있었다. 일주일 내내 댄스 학원에서 살다시피 하는 모양이었다. 박진우는 춤을 출 때 오로지 자기 자신에게만 몰입했다. 원하는 동작이 나올 때까지 백 번이고 천 번이고 연습하는 아이였다. 그렇게 완성된 동작으로 노래 한 곡을 마치는 박진우를 보고 있으면 나는 입이 다물어지지 않았다. 박진우는 춤 그 자체였다. 왠지 모를 숙연함까지 느껴졌다. 뭐든 쉬운 건 없다는 건 알았지만 그 타고난 춤 솜씨가 사실 독한 연습 덕분이었다니, 박진우가 더 멋있게 느껴졌다.

겨울 방학이 시작되면서 나는 수업을 두 개 늘렸다. 로킹과 하우스반이었다. 이제 겨우 기초반인 내가 하우스 수업을 따라가기는 역부족이었지만 그래도 어떻게든 따라 춰 보려고 애썼다. 발이 꼬이거나 박자를 놓치거나 자꾸 넘어졌지만 분명한 건 하루가 다르게 나아지고 있다는 것이었다.

그날은 학원 분위기가 이상하게 들떠 있었다. 학원 입구에 새로 세워 둔 크리스마스트리 때문만은 아니었다. 수업 시작 전에 원장 샘이 가장 큰 안무실로 중고등학생을 모두 불러 모았다.

"모두 짐작은 하고 있지?"

그렇게 운을 뗀 원장 샘을 향해 대부분의 아이들이 고개를 끄덕였다. 새 학기가 되기 전에 개원 2주년 발표회를 한다는 것이었다. 나는 전혀 모르던 일이었다. 개인이나 팀별로 일 년 동안 갈고닦은 솜씨를 발표하는 자리라는 뜻인데 아이들은 벌써 저희들끼리 눈짓을 주고받느라 분주해 보였다. 박진우 곁으로 아이들이 슬금슬금 몰려들었고 다연도 벌써 몇몇과 의견을 나누고 있었다. 나만 어쩔 줄 몰라 멍하니 서 있었다.

다연은 무대에 두 번 오를 예정이고, 박진우는 네 번 오른다고 했다. 나는 중고등반 K-pop 공연팀에 들어갔다. 학원에 다니는 중고등학생 전부가 각자 자기 학교의 교복을 입고 춤을 추는 콘셉트였다. 그러니까 박진우와 같이 춤을 춘다는 것이었다. 떨리기도 하고, 설레기도 했다. 그러나 춤 실력이 모두 제각각인 데다가 나와 같은 생초보도 몇몇 포함되어 있어서 처음부터 다 같이 연습을 하지는 않았다.

우선 나처럼 생초보들부터 연습에 들어갔다. 다운 리듬에 따라 다리를 굽히고 어깨는 앞으로 모았다 펴기를 반복하는 동시에 가슴과 시선은 정면을 향해야 했다. 그 동작을 하며 다리를 리듬에 맞춰 움직였다. 변주곡처럼 안무는 점점 복잡해지고 손과 발의 동작이 복잡해졌다. 가장 기본부터 충실히 실력을 다져 나갔다. 그래야 무대에 오를 수 있을 것이었다.

한 달쯤 뒤에 본격적으로 실력 있는 중고등학생들이 합류했다. 첫 시간부터 박진우는 맨 앞 센터에 섰다. 나와 다연은 맨 뒤에서 춤을 추었다. 다연은 다른 댄스 학원 다닌 시간까지 합치면 춤을 시작한 지 삼 년차라고 했다. 그래도 의리 있게 내 옆에 있어 주었다. 알게 모르게 잘 추는 애들이 앞에, 못하는 아이들이 뒷줄에 서게 되었다.

겨울 방학에는 공연 연습반을 하나 더 개설해서 수업을 들었다. 박진우와 같은 반이라니! 믿어지지 않았다.

함께 하는 느낌이 좋아, 너와 함께 하는 춤들이 좋아, 너와
I just wanna, wanna, wanna I really wanna, wanna, wanna,
Just dance

음악의 리듬대로, 그저 몸이 가는 대로……. 이 구절까지 안무를 익히고 끝난 날이었다.

나랑 사귈래?

페메는 아직 '읽지 않음' 상태였다. 나는 자꾸 박진우를 쳐다보게 되었다. 서로 이름 정도는 알고 단펨방에서 떠들어 본 적만 있지 나에 대해서는 알린 것이 없었다. 그런데 무턱대고 이렇게 질러

버리다니! 박진우가 아무리 거침없고 적극적인 성격이라고 해도, 잘 모르는 애가 사귀자고 단번에 응할 리가 없지 않은가. 더군다나 어떤 스타일을 좋아하는지도 모르고. 뻔히 아는 결과 앞에서 쪽팔려 하는 것도 우스웠다. 따지고 보면 나도 박진우에 대해 아는 게 별로 없었으니까.

다연과 박진우가 어반반으로 들어가는 걸 보고서 나도 하우스반으로 들어갔다. 맞은편 어반 수업이 한눈에 보였다. 누가 우스갯소리라도 했는지 모두 깔깔거리며 웃고 있었다. 다연도 박진우도 뭐가 그리 재미있는지 박수를 쳐 가며 오래 웃었다.

"스트레칭도 성의 있게 제대로 합니다!"

하우스 샘과 눈이 마주쳤다. 리듬에 맞춰 몸을 흔들고, 목과 허리는 말할 것도 없이 팔다리, 발목 관절까지 풀었다.

지난 시간에 배운 스텝을 복습했다. Monkey Safari의 〈Those Dancing Days〉에 맞춰 발을 놀렸다. 두 다리로 발꿈치와 발끝을 번갈아 바닥에 찍기, 턴을 하듯 한쪽 발을 늘어뜨려 박자를 늦추기, 두 마디 앞서 다리를 엇갈려 찍기를 이어서 하다 보면 마치 완전한 하나의 동작처럼 리듬을 자유롭게 가지고 노는 스텝이었다. 하지만 나는 제대로 해 내지 못하고 계속 발이 엉켰다. 샘이 옆으로 와서 따로 봐주었는데도 집중이 잘 안 됐다. 아무래도 박진우에게 보낸 페메 때문인 것 같았다. 흘깃 쳐다보니 박진우는 자기 춤에 몰두해 있었다. 내가 참 촌스럽다는 생각이 들었다. 쉬는 시간은 그날따라 참 더디게 다가왔다. 다들 정수기 앞으로 몰려가 줄을 서고 있었다.

누군가 내 팔을 잡아끌더니 자기 앞에 나를 세웠다. 돌아보니 박진우였다. 눈이 마주치자 박진우가 씩 웃었다.

3

함께 하는 느낌이 좋아, 너와 함께 하는 춤들이 좋아, 너와
I just wanna, wanna, wanna I really wanna, wanna, wanna,
Just dance

이어폰 밖으로 음악 소리가 들릴 만큼 볼륨을 키워 들으며 다녔다. 어느새 공연이 2주 앞으로 다가와 있었다. 수업이 없는 날에도 댄스 학원에 들러 동작을 맞춰 보거나 다른 아이들이 추는 걸 구경했다.

여지없이 박진우가 제일 먼저 도착해 맨 앞에서 연습을 하고 있었다. 헤드 스핀이 뜻대로 되지 않는지 계속 머리를 바닥에 박고 빙글빙글 돌다 넘어지길 반복하고 있었다. 페메는 여전히 '읽지 않음' 상태였다. 학원에서 보는 박진우는 변함없이 밝고 명랑했으며 수업 시간에는 더없이 진지하고 열심이었다. 학교 등수는 모르

겠지만 학원에서 박진우는 단연코 1등이었다. 게다가 성별을 가리지 않고 아이들과도 잘 지냈다. 다연과 툭툭 농담을 하는 걸 보면 괜히 기분이 나빴다. 내가 다연과 친하다는 걸 알고서 나에 대한 거절을 저렇게 표현하는 건 아닐까? 그러고 보니 사귀자는 말을 한 나만 제외하고 모두와 잘 지내는 것 같았다. 더 속상한 건 그럼에도 불구하고 박진우를 좋아하는 마음이 사라지지 않는다는 것이었다.

공연 연습은 수월하게 흘러갔다. 어반 샘이 전체를 주관했고, 왁킹, 하우스, 힙합 샘들이 부분 부분 정확한 안무를 지도해 주는 방식이었다. 곡은 방탄의 〈Trivia 起 : Just Dance〉로 정해졌고 안무도 이미 다 나온 상태였다. 중고등학생 중 남자 일곱 명, 여자 열네 명이 한 팀이었다. 제일 먼저 연습을 시작한 나는 사실상 뒤에서 자리를 채우는 역할이나 마찬가지였다.

그런데, 그런데도 즐거웠다. 음악에 맞춰 동작을 배우고, 합을 맞춰 보고, 잘 안 되는 부분은 개인적으로 반복, 또 반복하다 보면 이마에서 땀이 뚝뚝 떨어졌다. 에어컨을 튼 안무실에 뿌연 습기가 차오르는 걸 보면 어떤 희열감이 느껴지기도 했다. 생전 운동이라곤 해 본 적이 없고, 체육 시간이라면 어떻게든 도망치려고 별별 핑계를 다 대던 나였는데 춤은 달랐다. 하면 할수록 동작이 정확해지고, 추면 출수록 리듬을 휘어잡게 된다는 걸 인지할 수 있었다. 그러니까, 생전 처음의 경험이었다. 내가 얼마나 주체적으로, 얼마나 적극적으로 다가서느냐에 따라 완성도가 달라지는 것이었다. 공부도, 그림이나 악기도 이렇게 스스로 다가섰다면 다른 결과를 얻었을지도 몰랐다. 박진우도 이런 기분을 알겠지? 당연하지, 박진우가 모를 리가 없잖아.

내가 처음으로 하고 싶어서 하는 것이었다. 춤은 나에게 각별한 무엇이 된 것이다. 박진우에게 한 고백도 마찬가지였다. 내게 각별한 느낌을 준 박진우였으니까, 어쩌면 영원히 '읽지 않음' 상태라 해도 상관하지 않기로 했다. 무엇보다 고백이 대단한 잘못도 아닌데 뭐. 적어도 나는 나 자신에게 솔직했다.

나는 박진우를 힐끗 쳐다보았다. 누가 자기를 쳐다보는지도 모른 채 춤에만 전념하는 자세가 여전히 근사해 보였다. 나는 박진우에게서 눈을 돌려 거울 속의 나를 보았다. 살이 좀 빠진 것 같기도 하고 더 찐 것 같기도 하고, 잘 모르겠다. 그래도 뭐, 상관없었다. 누구의 시선도 의식하지 않고 마음껏 땀을 흘리는 내 모습도 어쩐지 근사해 보였다. 나는 다시 소매를 걷고, 머리를 단단히 묶은 다음 자세를 갖췄다. 열심히 춰야지. 넘어져도 벌떡 일어나야지. 두 볼이 붉게 달아오른 나는 적어도 어제보다 나은 사람이었다. 그리고 내일은 오늘보다 더 나은 사람일 것이다. 나는 나 자신을 위해, 하하 소리 내어 웃어 보았다. 그때, 박진우가 손에 핸드폰을 쥔 채 뒤돌아 나를 바라보았다.

작가 노트

사실은! 배꼽 빠지도록 깔깔거릴 수 있는 이야기를 쓰고 싶었습니다……만, 그래요. 살다 보면 매일매일 웃는 날만 있는 건 아니잖아요. 슬픈 날도 있고, 우울한 날도 있고, 화를 내야만 하는 날도 있어요. 짜증이 치솟는 날도, 신경질이 자꾸 나는 날도, 급기야는 엉엉 울어야 되는 날도 있죠. 그뿐인가요, 너무 힘들고 지쳐서 아무 말도 할 수 없는 고요 속에 우두커니 놓인 날도 있을 테고, 차마 말로 다 못할 만큼 분하고 억울해서 발을 동동 굴러도 해결할 기미가 없는 끔찍한 날도 있을 거예요. 그런데 신기하게도,

그렇게 힘겨운 나날 가운데에서도 웃음을 짓던 순간이 있었어요. 싱겁게 툭 건넨 친구의 우스갯소리, 등교 버스의 라디오에서 들은 훈훈한 사연, 책에서 우연히 만난 근사한 문장 한 줄, 묵묵히 어깨를 다독여 주는 식구의 따스한 손길, 새삼스러울 것도 없는 연

인의 포근한 메시지, 이상하게 유난히 예뻐 보이는 거울 앞에 선 나를 만난 날, 같은 순간순간에 말이죠. 『웃음을 선물할게』도 그런 무수한 순간에 포함되면 좋겠어요.

또래의 언어를 들려준 십 대 복판의 정희원, 그리고 저스트 댄스 학원의 실제 배경이 된 올스타즈 댄스 학원에서 그저 무시로 까르르 웃어 대던 효명, 서영, 아진, 주은에게 감사를 전합니다. 이 친구들의 무해한 웃음 덕분에 이 소설을 쓸 수 있었습니다.

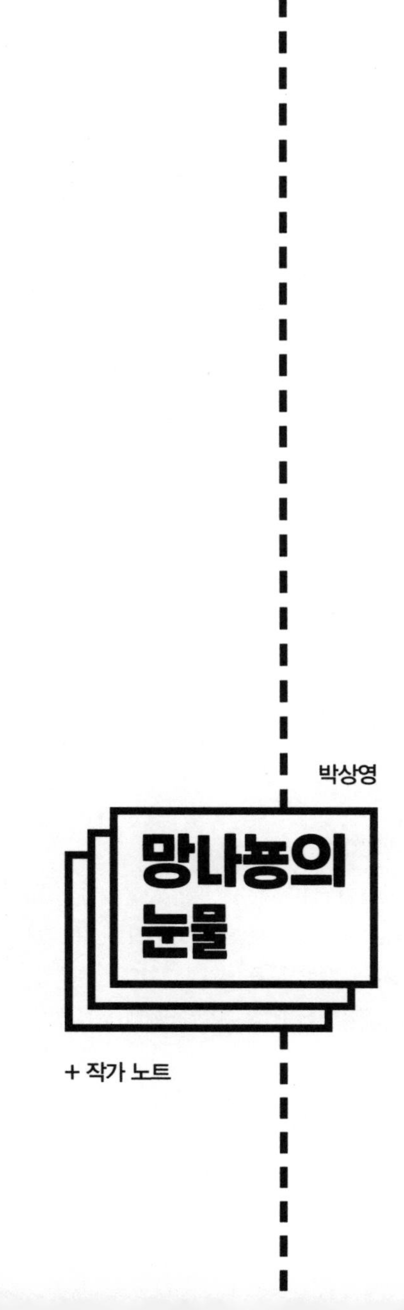

박상영

망나뇽의 눈물

+ 작가 노트

박상영

2016년 문학동네신인상을 받으며 작품 활동을 시작했다. 소설집 『알려지지 않은 예술가의 눈물과 자이툰 파스타』, 연작소설 『대도시의 사랑법』 등이 있다. 2019년 「우럭 한 점 우주의 맛」으로 제10회 젊은작가상 대상을 수상했다.

망나뇽의 눈물

시작은 포켓몬 빵이었다.

도이언은 그저 포켓몬을 좋아하는 초등학생일 따름이었다. 그 시절 포켓몬을 좋아하지 않는 초등학생은 존재하지 않았으므로 그것은 죄가 될 수 없었다. 마찬가지로 포켓몬 빵을 사지 않는 초등학생도 존재하지 않았다.

포켓몬 빵이라 함은 1999년 국내 굴지의 제빵 회사 S사가 당대 최고의 인기를 끌고 있던 애니메이션 〈포켓몬스터〉의 캐릭터 이름을 따 제작한 빵으로서, 빵 안에 '띠부띠부씰'이라는 포켓몬스터 스티커가 든 것이 특징이었다. 당시 초등학생들 사이에 띠부띠부씰을 모으는 유행이 불기 시작했고, 포켓몬 빵은 일평균 100만

개 이상을 판매할 정도로 큰 인기몰이를 했다.

전설의 포켓몬 망나뇽이 조금만 더 빨리 나왔어도 일이 이 지경이 되지는 않았을 것이다.

이언은 아주 긴 시간 동안 그런 생각에서 벗어날 수 없었다. 초등학교 3학년이었던 이언은 다른 모든 초등학생처럼 A4 용지 크기의 플라스틱 파일을 사서 그 안에 띠부띠부씰을 붙여 모으기 시작했다. 종이에 칸을 그려 포켓몬 도감을 만들었으며, 하루에 세 개에서 다섯 개씩 빵을 사 먹으며 스티커를 모았다. 번호에 맞춰 하나씩 포켓몬 스티커를 붙여 나갈 때만 해도 그저 즐거운 마음뿐이었다. 그러나 열흘도 채 지나지 않아 이언은 놀라운 깨달음에 도달하고 말았는데 그것은 또가스와 아보크, 야도란과 같은 (추물형) 몬스터는 끝도 없이 나오는 반면 전설의 포켓몬은 도통 나오지 않는다는 것이었다. 강하고 아름다울수록 희소하다는 자본의 논리를 이언은 띠부띠부씰을 통해 배웠다. 공부도 운동도 무엇도 시원찮은 이언이었지만 근성 하나만은 타고난 구석이 있었다. 이언은 매일 '로켓단의 못 말려 초코롤'이나 '벗겨 먹는 고오스' 등 초코 계열의 빵을 두세 개씩 사 먹으며 완벽을 향해 하루하루 나아갔다. 빈 포켓몬 도감을 채워 가는 이언의 여정은 숭고하리만큼 순수하고 아름다운 욕망으로 가득 차 있었다.

오 개월 동안 지난한 여정을 보냈음에도 끝끝내 망나뇽 스티커는 나오지 않았다. 이언은 텅 빈 149번 칸을 볼 때마다 아무리 노력해도 가질 수 없는 게 있다는 것을 깨달았다. 이언은 완벽해지는 것을 포기했다. 망나뇽 칸이 비어 있는 포켓몬 도감 파일을 책꽂이에 꽂아 넣으며 어쩌면 다시는 이것을 꺼내 보지 않을지도 모른다는 생각을 했다. 이언은 그날 밤, 다시없을 정도로 숙면을 취했다.

자신이 어마어마한 윤회의 수레바퀴 위에 올라탔다는 사실을 알지 못한 채.

*

이언은 매일 자기 자신의 몸과 함께 살기 때문에, 성장 기간 동안 자신이 어떤 변화를 겪게 되었는지 알지 못했다. 다만 언제부터인가 묘하게 자신을 대하는 세상의 태도가 달라졌다는 것을 감지할 수는 있었는데, 그 단초는 사람들의 웃음소리였다.

처음에는 잘못 들은 것인 줄 알았다. 등 뒤에서 키득대는 웃음소리가 났고, 무심코 뒤를 돌아봤을 땐 황급히 시선을 피하는 사람들이 있었다. 아무리 복도를 살펴보아도 이언은 아이들이 도대체 무엇을 보고 웃는지 알 수 없었다. 몇 차례 비슷한 일을 겪고 나서 이언은 깨달았다. 사람들이 자신을 보고 웃는다는 것을.

점심시간이 시작되고 난 후 이언은 인생 최초로 점심을 걸렀다. 그리고 교무실 앞 커다란 거울에 서서 곁눈질로 자신의 등을 확인했다. 뭐가 묻었나? 그러나 아무것도 묻어 있지 않았고 단지 교복

셔츠가 꽉 껴서 겨드랑이에서 등을 따라 가로 주름이 져 있을 따름이었다. 이언은 거울 앞에서 천천히 걸어 보았다. 걷는 자신의 모습을 바라보았다. 이언은 자신이 엉덩이를 흔들며 뒤뚱댄다는 사실을 그제야 알게 되었다. 여러 번 다른 방식으로 걸어 보아도 특유의 둔한 뒤뚱거림은 없어지지 않았는데, 그것은 살이 쪄서 양쪽 허벅지가 닿고 옆으로 퍼진 엉덩이의 구조상 어쩔 수 없는 일이었다. 그러고 보니 뒤뚱대는 자신의 모습이 특수 기술을 쓰는 망나뇽의 뒤태와 얼핏 비슷한 것 같기도 했다.

—망나뇽만 조금 더 빨리 나왔더라도….

이언은 자신이 뚱뚱하다는 것을 그날 처음으로 절감했고, 그 이후로 쭉, 스스로의 몸을 부끄러워하게 되었다.

이언은 이름 대신 돼지,라는 별칭으로 불렸으며, 그것을 곧 이름보다 더 익숙하게 여기게 되었다.

온 세계가 이언에게 표준 사이즈로 쪼그라들 것을 강요하는 것 같았기 때문에 이언은 표준 체격에 맞춰 몸을 구부리는 방법을 배우게 되었다. 버스에서도 학교에서도 어느 곳에서도 이언의 어깨는 안쪽으로 굽어 있었고 목은 앞으로 쭉 빠져 있었으며 엄청난 죄를 지은 대역죄인처럼 고개를 숙인 채 걸었다. 누군가와 몸이 닿을 때면 화들짝 놀라며 반사적으로 미안하다는 말을 했고, 상대방의 표정이 구겨지지나 않을까 (대개의 경우는 그러했다) 조심스레 살피는 버릇이 생겼다. 이언은 항상 웃었다. 이언에게 있어서 눈치는 생존과 관계된 방어 기제였다.

그렇지만 이언이 눈에 띌 정도로 비대하게 살이 쪘다든가, 뉴스 자료 화면에 나오는 미국인들처럼 문밖으로 빠져나오지 못할 정도로 병리학적 고도 비만은 아니었다. 단지 남들보다 땀이 좀 많고, 하체 위주로 살이 쪄서 사타구니가 자주 쓸렸으며, 교복 바짓가랑이가 터져 바지를 수선할 일이 잦았을 따름이었다. 어쨌든 이언은 한국 교육청의 신체검사 기준으로 꾸준히 중등도 등급의 비만을 유지한 채, 차곡차곡 살을 찌워 나갔으며, 일 년 내내 신체검사 날과 체육 대회 날을 가장 두려워하는 청소년으로 자랐다.

*

2차 성징이 끝날 때쯤, 그러니까 막 고등학생이 되었을 때 이언의 별명은 수퇘지가 되어 있었다. 일반적인 용어처럼 성별을 가리키는 암과 수의 '수'는 아니었다. 당대 가장 유명했던 트랜스젠더 여성 연예인의 이름 마지막 글자 '수'와 돼지를 합쳐 만든 조어였다. 이언 정도로 뚱뚱한 아이들은 넘쳐났지만 이언처럼 걸으며, 이언 같은 말투로 말하며, 이언과 같은 취향을 가지고 생활하는 비만 청소년은 많지 않았다. 이언은 자신이 남들과 다르다는 사실을 온몸으로 느낄 수밖에 없었다.

이언은 스스로 웃음의 대상이 되는 편을 택하기로 마음먹었다.

그것은 이언이 택할 수 있는 거의 유일한 생존 방식이었다. 사람들이 자신을 수퇘지라 부를 때, 주먹으로 배를 찌르거나 머리를 때리고 지나갈 때, 이언은 누구보다 큰 소리로 웃었다. 그렇다고 비참한 기분이 나아지는 건 아니었지만, 적어도 웃는 동안에는 자신을 공격하고 비웃는 세상으로부터 소외되어 있다는 느낌에서 조금이나마 해방되는 것 같았다.

유쾌한 비만인을 연기하는 비만인.

나 자신을 비웃는 것을 통해 유지되는 소속감.

이언은 썩은 동아줄이나 다름없는 그 소속감으로 말미암아 학교 폭력이나 혐오 범죄의 희생양이 되지 않은 채 그 시절을 아슬아슬하게 통과하고 있었다.

그런 이언의 삶에도 아예 낙이 없는 건 아니어서, 집에서는 온전히 자기 자신에게 집중할 수 있었다. 수년 동안 입어 늘어날 대로 늘어난 러닝셔츠를 입고 슈퍼에서 사온 투게더 아이스크림 한 통을 배 위에 올려놓은 채 시트콤을 보는 것. 학교가 끝나고 난 후에 이언이 몰두하는 단 한 가지 일이었다. 시트콤 속의 세상은 언제나 안전했다. 주인공이 친구와 싸우거나 연인과 이별을 하거나 심지어 사별을 해도 몇 초 지나지 않아 관객들은 왁자지껄하게 웃었다. 이언은 방과 후면 어김없이 교복을 벗어 던진 채 시트콤을 봤고, 마치 하루 종일 억지웃음을 짓느라 고갈됐던 웃음의 창고를 다시 채워 나가는 기분을 느꼈다. 특히 이언이 좋아하는 시트콤은 이미 고전이 되어 버린, 〈프렌즈〉였다. 여섯 명의 남녀가 뉴욕이라는 이국의 공간에서 서로 의지하며 살아가는 모습은 이언의 삶에 부족했던 모든 것—소속감, 애정, 삶에 대한 낙관—을 품고 있었다. 이언은 가상의 현실 속에서 그토록 원하던 안정과 행복을 찾았다.

한 날은 일을 마치고 돌아온 이언의 어머니가 울기 시작했다. 공교롭게도 샤워를 마친 후 팬티만 입은 이언의 몸을 보고 나서였다. 가세가 기운 뒤로 생업에 나선 그녀는 종종 이언의 몸을 자신의 부재로 인한 결과물로 여겼다. 그녀는 눈물을 찍어 삼키며 말했다.

—네가 이렇게 돼 버린 게 다 내 탓인 것 같아서… 네가 얼마나 외롭고 힘들지…….

이언은 당황했다. 자신이 부모의 부재로 인해 외롭거나 힘들다는 생각을 한 적은 없었다. 이언에게 있어서 외로움이나 고립감은 그저 삶의 조건에 불과했다. 이언은 모친의 그런 반응에 짜증을 느꼈다. 그녀의 눈물이 이언을 위한 것이 아니라, 본의 아니게 생업 전선에 뛰어들어 일과 가사를 모두 짊어진 그녀 자신에 대한 연민에 기초하고 있다는 것을 잘 알고 있기 때문이기도 했다. 이언이 이렇게 된 것은 모친의 탓이 아니었다. 자신의 몸이 누군가에게 웃음거리일 뿐만 아니라 눈물의 단초까지 된다는 사실이 당혹스러웠다. 내 몸이 보는 것만으로도 울 정도란 말인가. 그 때문에 이언은 누구보다도 싸늘한 표정으로 러닝셔츠를 입고 컴퓨터 앞에 앉아 〈프렌즈〉를 켰다. 그리고 폭소와 안전한 서사의 세계로 접어들면서 그저, 망나뇽이 조금만 더 빨리 나왔어도,라는 생각을 했다.

*

평온하고도 고립된 이언의 삶에 파문이 일기 시작한 건, 승규라는 존재로부터였다.

승규는 또래 남자아이들의 보편적인 특성을 골고루 갖춘 아이였다. 그저 그런 성적에 중키, 표준 체중을 가졌으며 노르스름한 빛깔의 피부 톤에 티 존 부위에 빨갛게 여드름이 난, 어디에서나 볼 수 있는 남고생이었다. 점심시간이면 축구를 하고 오후 수업 시간에는 팔에 턱을 괸 채 조는 승규의 모습은 이언에게 하나도 특별할 게 없었다. 바로 그날이 오기 전까지는.

승규와 이언은 키가 비슷하다는 이유로 17번과 18번이었고 따라서 옆 사물함을 썼다. 4교시 체육 시간을 마친 후 나란히 사물함 앞에서 옷을 갈아입는 중이었다. 군살 없이 판판한 배에 깊게 파인 장요근과 치골 사이로 아슬아슬하게 보이는 브리프 밴드. 언뜻언뜻 더 아래가 비치는 것 같았다. 이언은 자기도 모르게 승규의 아랫도리로 시선이 가는 것을 느꼈다. 승규는 벗은 체육복 상의로 땀에 흠뻑 젖은 얼굴을 닦았다. 이언이 넋을 놓고 승규를 보고 있던 찰나, 승규가 이언에게 말을 걸었다.

—야.

—어? 미안.

—뭐가 미안해.

—아니, 그냥.

—야, 너 체육복 깨끗하냐?

승규는 이언이 막 벗어 사물함 위에 올려 둔 체육복을 턱짓으로 가리켰다. 체육 시간 내내 벤치에 앉아 있었으므로 이언의 체육복은 새것처럼 깨끗하고 건조했다. 이언이 고개를 끄덕이자 승규는 말도 없이 이언의 체육복을 코에 댔다.

—좋은 냄새 나네. 나 이거 좀 빌려줘라.

누군가 자신에게 말을 건 것은 실로 오랜만이었기에, 이언은 어떻게 반응을 해야 할지 몰라서 반사적으로 고개를 끄덕였다. 승규는 고맙다,라고 말한 뒤 왜인지 이언의 턱을 만지작거렸다. 졸라 말랑거리네, 말하며 씨익 웃는 승규의 얼굴. 승규의 콧바람이 이언의 눈썹에 닿았다. 승규는 장난스럽게 이언의 팔뚝을 쓰다듬고는 사라졌다. 승규가 만진 자리마다 화끈거리는 기분이었다.

*

그 이후로 이언의 일상은 조금 변해 버렸다. 자신도 모르는 새 승규 자리 쪽을 바라보는 일이 잦아졌고, 무심코 돌아본 승규와 눈이 마주쳐 황급히 시선을 피할 때도 있었다. 아무리 세상 물정을 모르는 이언이지만 자신의 감정이 절대 들켜서는 안 되는 종류라는 것 정도는 알고 있었다. 이언은 아주 넓은 원을 그리며 승규의 주변을 맴돌았다. 승규는 쾌활하고 누구에게나 말을 잘 걸었고 쉬는 시간마다 교실을 빙글빙글 돌며 아이들과 장난을 치고 놀았다. 이언은 승규와 이야기를 나누려고 몇 번이나 시도했지만 그의 주변에는 언제나 사람이 가득했으므로, 다가갈 수가 없었다.

이언은 방과 후 몰래 승규의 뒤를 밟았고 승규가 밤늦게까지 다니는 독서실을 알아냈다. 승규와 같은 방인 12인실 6개월 정기권을 끊고 승규 자리에서 대각선 좌석을 골랐다. 그리고 승규가 자신을 발견해 주기를 바라는 마음으로 칸막이에 머리를 비스듬히 기댄 채 앉아 있었다. 아니나 다를까 문을 열고 들어오기 무섭게 승규는 이언을 발견했으며, 손을 들며 입 모양으로 안녕, 인사를 했다. 그리고 이언을 지나쳐 자신의 자리에 앉았다. 학교에서는 언제나 사람들에 둘러싸여 있는 승규였지만 독서실에서만큼은 제법 수험생 같은 면모가 엿보이기는 했다. EBS 참고서를 푸는 승규의 뺨에 난 화농성 여드름이 귀여웠다. 승규의 짧게 자른 뒷머리와 손등의 핏줄과 삼선슬리퍼와 작은 복숭아뼈와 허벅지 끝까지 끌어올려진 체육복 반바지와 바지 사이로 언뜻 비치는 팬티가 귀여웠다. 숱이 적은 허벅지의 털까지 봤을 때…… 승규가 이언에게로 고개를 돌렸다. 이언은 황급히 시선을 피했지만 늦었다. 승규가 이언의 곁으로 다가와 이언의 귀에 대고 속삭였다.

—야, 배 안 고프냐.

—어? 어…….

—우리 뭐 먹으러 가자.

이언은 뛸 듯이 기뻤지만 그 사실을 티 내지 않기 위해 노력했다. 계단을 빠르게 뛰어 내려가는 승규를 따라 느릿느릿 걸어 내려갔다. 승규와 이언은 편의점에서 나란히 왕뚜껑과 육개장을 나눠 먹었다. 이언은 라면이 입 구멍으로 들어가는지 눈구멍으로 들어가는지 알 수 없을 정도로 긴장했다. 자꾸만 숨이 가쁘게 쉬어지는 것 같아서 라면 한 젓갈을 먹고 숨을 골라 쉬기를 반복했다. 그런 와중에 승규가 이언에게 뜬금없이 말했다.

—나는 성공할 거다.

—응?

—변리사가 될 거야.

뭐 어쩌란 말인가, 하는 생각이 가장 먼저 들었고, 그 정도 성적에 변리사가 말이 되니,라는 생각이 두 번째로 들었지만 어쨌든 이언은 고개를 끄덕였다.

그 이후로 이언은 승규와 함께 독서실을 다니며 이야기를 좀 더 나눴는데, 그래 봤자 승규가 일방적으로 오늘은 무슨 과목을 공부했다거나 전날 프리미어 리그의 경기 결과가 어땠다거나 몇 반의 누가 예쁘다 같은 이언으로서는 관심도 없고 알지도 못하는 얘기를 일방적으로 쏟아내는 수준이었다. 그렇지만 이언은 승규가 신나서 이야기하는 것을 바라보는 것만으로도 충분히 그와 함께하고 있는 것 같은 기분이었고, 심지어는 관계를 쌓아 가고 있다는 기쁨에 사로잡혔다.

그 착각이 깨지는 데에는 오랜 시간이 걸리지 않았다.

이언은 독서실이 아닌 학교에서도 승규의 가까이에 맴돌 때가 잦아졌다. 승규를 바라보다 눈이 마주쳐도 더 이상 고개를 돌리지 않았다. 그 대신 할 수 있는 한 가장 과감한 방식으로, 미소……라는 것을 지어 보았다. (그것은 분명 사회적인 의미에서의 미소와는 조금 다른 느낌의, 한없이 일그러짐에 가까운 표정이었다.) 급식소에서도 전과 달리 맨 구석 테이블이 아닌, 승규 근처로 자리를 잡았다. 바로 옆은 아니었지만 언제나 고개를 틀면 승규를 볼 수 있는 그런 자리로.

아이들은 얼마 지나지 않아 이언이 이상하다고 수군대기 시작했다. 이언은 숨긴다고 숨겼으나, 이언의 이상 행동은 숨겨질 만한 것이 아니었다. 승규는 아무하고나 노는 애였지만 이언은 너무 심하게 아무나였다. 이언은 전교에 공공연하게 알려진 호모 새끼가 되어 있었고, 그 사실은 이언 본인만 몰랐다.

어느 날 독서실에 승규의 자리가 비어 있었다.

변리사가 되겠다더니…….

이언은 승규에게 전화를 했지만 받지 않았다.

무슨 일 있어?

왜 안 오는 거…

이제 독서실 안 다녀?

몇 번이고 단어를 고르고 골라 문자를 보냈지만 답장은 오지 않았다. 이언은 깊은 절망에 빠져들었다. 승규는 이언을 좋아하지 않았다. 미워하지도 않았다. 미움도 증오도 뭘 알아야 할 수 있는 것이었다. 승규에게 있어서 이언은 500명의 학생들 중 하나였을 뿐이었다.

다음 날, 이언은 한 번 더 용기를 내기로 마음먹었다. 점심을 먹은 후 승규에게 다가섰다. 그리고 두 번, 어깨를 두드렸다. 승규에게 따라오라는 손짓을 했다. 승규 주변을 둘러싸고 있던 아이들이 와르르 웃었다. 승규는 한숨을 쉬며 이언의 뒤를 따랐다. 이언이 입을 달싹이며 무슨 말을 하려 하는데, 승규가 선수를 쳤다.

—너, 그거냐?

—어?

—애들이 그러던데. 너 그거라고.

—그게…… 뭔데?

—됐다, 비켜라.

승규는 이언의 어깨를 밀치고 지나갔다.

승규가 말하는 '그것'이 무엇인지 이언은 알고 있었다.

이언은 홀로 운동장에 남겨졌다. 승규가 밀친 어깨를 쓰다듬으며, 이언은 문득 포켓몬스터 도감의 텅 빈 149번 칸을 떠올렸다. 세상에서 가장 희소한 전설의 포켓몬, 망나뇽을.

이언은 쓰레기통 옆 벤치에 주저앉았다. 당장이라도 눈물이 쏟아질 것 같았지만, 자신의 우는 모습이 추할 거라는 확신이 들었다. 이따금 지나가는 아이들 덕분에 정신을 차렸다. 세상이 자신을 비웃는 것만 같았고, 존재 자체가 죄스러운 마음이 들었다. 이언은 이런 모습으로 태어나 세상에 한자리라도 차지하고 있는 자신이 죄스러웠다. 이언은 온몸을 굽힌 채로, 최대한 눈에 띄지 않는 자세로 교실로 돌아갔다. 그리고 뭔가 단단히 잘못한 사람처럼 고개를 푹 숙인 채 남은 하루를 버텼다.

집에 도착한 이언은 주저앉아 한숨을 내쉬었다. 시간이 어떻게 가 버렸는지 모를 정도로 통증이 심했다. 상실의 감각은 육체적인 고통을 수반했다. 그런 종류의 고통을 어떤 방식으로 달래야 하는지 몰랐던 이언은 여느 때처럼 투게더 한 통을 안은 채 컴퓨터 앞에 앉았다. 그리고 〈프렌즈〉를 켰다. 하필 그날의 에피소드는 모니카와 레이첼이 십 대 시절을 회상하는 내용이었다. 고등학교 때의 모니카는 이언만큼 살이 찌고 평생 동안 사랑받지 못한 사람 특유의 움츠러들고 주눅 든 모습이었다. 반면 레이첼은 학교에서 가장 인기가 많은 사람 특유의 당당하고 자연스러운 태도로 모두를 바라보며 웃고, 농담을 걸고 있었다. 모르는 사람에게 말을 거는 것도, 시선을 받는 것도, 사랑을 주고받는 것도 모두 숨 쉬는 것처럼 자연스러웠다. 이언은 그때 깨달았다.

자신이 사랑에 대해 철저히 모른다는 사실을.

이언은 사랑받는 사람들이 짓는 표정을 알지 못했고, 사랑하는 사람이 베푸는 호의를 알지 못했다. 이언이 겪어 온 사랑은 언제나 자신을 보고 한숨을 짓거나 눈물을 짓는 방식에 불과했다. 이언은 자신이 모니카라는 사실을 깨달았다. 그것도 영원히 고등학생의 상태에 머물고 있는 모니카. 이언의 눈에서 뚝 떨어진 한 방울의 눈물이 이내, 꺼억꺼억 통곡이 되어 흩어졌다. 소리 내 우는 것은 철들고 나서 거의 처음인 것 같았다. 모친의 울음이 자신을 위해 아무 도움이 되지 않았던 것처럼, 자신의 눈물도 자신에게 아무런 도움이 되지 않는다는 것을 알고 있었지만 한번 시작된 울음을 멈출 수가 없었다.

스피커에서 연신 관객들의 웃음소리가 흘러나왔다.

청소년 시절, 나는 자의식이 과잉된 대부분의 십 대들처럼 나 자신을 몹시 싫어했다. 나의 외모와 나의 가정 환경과 나를 둘러싼 모든 조건들로부터 벗어나고 싶었다.

내가 처음 〈프렌즈〉를 본 것이 그 무렵이었다. 케이블 TV에서 방송되는 이국의 시트콤. 한국 시트콤에서는 좀체 찾아보기 힘든 다채로운 캐릭터와 비꼬듯 폐부를 찌르는 언어유희가 또래보다 조숙한 편이었던 나의 마음을 강하게 자극했다. 그 뒤로 나는 〈프렌즈〉를 포함해 널리 알려진 유명 시트콤을 모조리 섭렵하는 열혈 시트콤 팬으로 자라났다. 시트콤 속 세상은 안전하고, 편안하고, 아무리 극심한 갈등 속에서도 언제나 웃음이 있었다.

나는 그게 왠지 좋았다.

그리고 삼십 대가 된 지금 주변에서 나는 누구보다 크게 웃는 사람으로 알려져 있다. 한번은 어느 건물 지하의 음식점에서 크게 웃었는데, 지하철 역 근처에 있던 친구가 나에게 문자를 보내오기도 했다.

너 ○○ 식당에 있지? 여기까지 니 웃음소리 다 들려.

어쩌면 나는 시트콤 속에서 세상을 버티는 방식을 배운 것인지도 모르겠다.

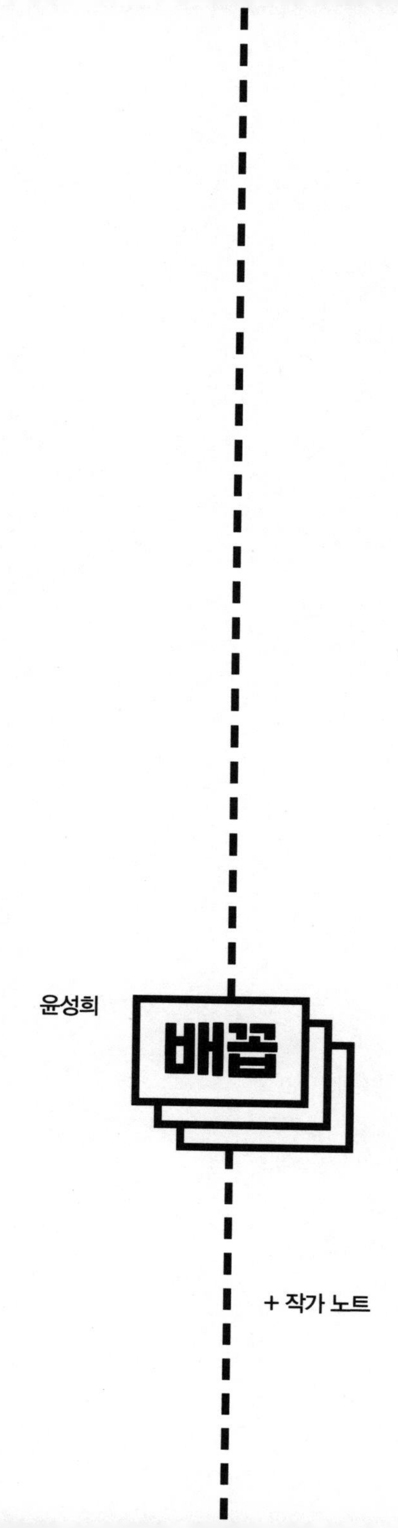

윤성희

배꼽

+ 작가 노트

윤성희

1999년 동아일보 신춘문예에 「레고로 만든 집」이 당선되며 작품 활동을 시작했다. 소설집 『레고로 만든 집』 『거기, 당신?』 『감기』 『웃는 동안』 『베개를 베다』, 장편소설 『구경꾼들』 『첫 문장』 『상냥한 사람』 등이 있다. 현대문학상, 이수문학상, 황순원문학상, 이효석문학상, 오늘의 젊은 예술가상, 한국일보문학상 등을 수상했다.

배꼽

1

국어 선생님이 수업을 하다 말고 “어, 눈이네.” 하고 말했다. 그 말에 반 아이들이 동시에 고개를 돌려 창밖을 바라보았다. 눈도 깜빡이지 않고 가만히 바라보니 뭔가 희끗한 것이 내리는 게 보였다. “애개.” 나도 모르게 그렇게 중얼거렸다. 갑자기 선생님이 칠판에 무엇인가를 적기 시작했다. 싸라기눈. 함박눈. 숫눈. 진눈. 소낙눈. 도둑눈. 풋눈. 길눈. 살눈. 가루눈. 아는 단어보다 처음 들어보는 단어가 더 많았다. 선생님은 단어의 뜻을 설명하지 않았다. 그 대신 칠판에 쓴 단어들을 다시 한 번 천천히 읽었다. 국어 선생님은 교과서를 읽다가도 마음에 드는 구절이 나오면 두세 번씩 반복해 읽곤 했다. 그러고는 꼭 이 질문으로 마무리를 했다. "좋지?" 내 뒤에 앉은 민철이는 그게 신호라고 했다. 시험 문제에 출제될 거라는. 민철이는 선생님이 반복해서 읽은 글에 별표를 해 두었고 그걸 위주로 공부를 했지만, 결과는 꽝이었다. "눈이, 아주, 듬성, 듬성, 내리네." 선생님이 창밖을 보면서 눈이 내리는 속도에 맞춰 말을 했다. 나도 모르게 숨이 천천히 쉬어졌다. 나는 선생님이 칠판에 적은 단어들을 가만히 바라보았다. 도둑눈. 그 말이 마음에 들었다. 아무도 밟지 않은 눈에 첫 발자국을 찍어 보는 일. 생각해 보니 한 번도 그걸 해 본 적이 없었다.

점심시간이 되자 눈발이 잦아들었다. 소고기뭇국과 무생채와 두부조림이 나왔다. 나는 학교 급식을 맛있다고 느낀 적이 한 번도 없었다. 그런데도 늘 음식을 남김없이 먹었다. "넌 이게 맛있냐?" 친구들이 물으면 나는 이렇게 대답하곤 했다. "엄마가 요리를 못하면 뭐든 다 먹을 만해." 엄마한테 미안했지만 나는 그렇게 거짓말을 했다. 5교시가 시작되자 하늘이 어두워지기 시작했다. 꼭 그래서 그런 것은 아니지만 수업을 반도 듣지 못하고 졸았다. 들어도 잘 모르기는 마찬가지였지만. 졸다 눈을 떠 보니 함박눈이 내리고 있었다. 말 그대로 펑펑.

6교시는 담임 선생님 과목인 수학이었다. 선생님이 교실로 들어오더니 창가에 앉은 아이들에게 창을 열어 보라고 말했다. 창을 열자 눈발이 들이쳤다. 어느새 눈이 제법 쌓였다. 선생님이 창가에 서서 심호흡을 했다. "추워요!" 아이들이 소리치자 선생님이 우리를 돌아보았다. 그리고 씨익 웃었다. 이 세상에서 씨익이라는 단어가 가장 잘 어울리는 사람이 있다면 그건 담임 선생님일 거였다. 콧수염 때문에 그 웃음이 더 근사하게 느껴졌다. 올해 새로 온 교장 선생님은 담임 선생님에게 수염을 자르라고 했다. 그때 선생님은 이렇게 대답을 했다고 한다. "여기에서 용기가 나옵니다." 선생님은 임용 첫해에 말을 더듬는 증상에 시달렸다. 그러다 우연히 수염을 기르고 난 뒤 그 증상이 사라졌다. 키가 작고 뚱뚱했기 때문에 우리들은 담임 선생님을 슈퍼마리오라고 불렀다. "우리 눈싸움하러 나갈까?" 선생님이 말했다. 눈싸움이라니. 그딴 걸 누가 한다고. 나는 그렇게 생각했지만 선생님의 말이 끝나자마자 거의 모든 아이들이 자리에서 일어났다. "춥잖아." 내가 민철이에게 속삭였다. 민철이는 수학 문제를 푸는 것보다 추운 게 낫다고 했다.

우리는 홀수 번호와 짝수 번호로 나눠서 눈싸움을 했다. 귀찮아서 눈을 뭉칠 마음이 없었는데, 가슴에 한 대 맞고 나니 나도 모르게 승부욕이 솟구쳤다. 나는 주로 오른쪽 어깨를 노렸다. 세 번에 한 번꼴로 명중을 시켰으니 나쁘지 않은 성적이었다. 그러다 누군가 던진 눈에 얼굴 가운데를 정통으로 맞았다. 코끝이 띵. 한겨울에 아빠와 오토바이를 타면 늘 이렇게 코끝이 띵했다. "어, 너 코피." 아이들이 손으로 내 코를 가리켰다. 하얀 눈에 피가 스며들었다. 겨우 눈 뭉치에 맞아 코피가 나다니. 쪽팔렸다. 그래서 나는 쪼그리고 앉아 신발에 묻은 피를 눈으로 닦는 척을 했다. 내가 코피가 나자 눈싸움은 활기를 잃었다. 교실로 돌아오자 선생님이 칠판에 수학 문제를 적었다. 몇몇 아이들이 "너무해요." 하고 투덜거렸다. 그러자 선생님이 뒤돌아보면서 다시 한 번 씨익 웃었다. 수염에서 용기가 나온다면 나는 당장이라도 기르고 싶었다. "중학교 2학년 때, 오늘처럼 수업 시간에 눈싸움을 한 적이 있었지." 선생님이 분필을 내려놓으면서 말했다. "그때 나도 누군가 던진 눈에 맞아 코피가 났어. 며칠씩 밤새 공부를 해도 난 적 없는 코피였거든." 선생님은 하얀 눈에 떨어지는 핏방울을 바라보며 이런 생각을 했다고 한다. 첫 코피로는 나쁘지 않다고. 누구한테 맞아서 나는 것보다는 덜 창피하다고. "그런데 그때 손수건을 꺼내 코피를 닦아 주던 선생님이 내게 이렇게 말했어. 나도 눈싸움을 하다 처음으로 코피를 흘려 봤단다, 하고. 그때도 열다섯이었다고." 선생님은 내 쪽으로 고개를 돌렸다. "너도 나중에 이 이야기를 누군가에게 들려줄 수 있을 거야. 이를테면 네 아이와 눈사람을 만들다가." 선생님이 말을 하는 동안 눈이 계속해서 내렸다. 내가 흘린 피 위로도 눈이 쌓였을 것이다.

2

삼촌의 국숫집까지는 걸어서 이십 분이 걸렸다. 마을버스를 타면 금방이지만 웬만하면 걸어 다녔다. 버스는 두 군데의 학교를 지나는 노선이라 늘 사람들로 붐볐다. 게다가 나는 멀미를 심하게 해서 아빠의 오토바이 말고 다른 건 웬만하면 타지 않았다. 오늘은 큰길로 걷지 않고 골목길로 걸었다. 오 분 정도 시간이 더 걸리지만 중간에 거위를 키우는 집을 지나가기 때문이었다. 하얀 눈 위에 찍힌 거위 발자국을 보고 싶었는데, 거위들이 우리에 들어가 있었다. 봄에 저놈들을 처음 봤을 때 나는 이런 의문이 들었다. 아기 닭은 병아리라고 부르는데 아기 거위는 뭐라 부르나? 병아리들만 특별한 이름이 있다는 생각을 하자 갑자기 아기 거위들이 좋아졌다. 아기 거위들을 위해 병아리도 앞으론 아기 닭이라고 부르겠다고 결심까지 했다. 나는 거위들을 보다 문득 패딩 점퍼를 입고 있는 게 미안하다는 생각이 들었다. 아, 바보. 나는 주먹으로 머리를 때렸다. 내 점퍼는 오리털이지. 나는 거위들에게 "미안한 거 취소야." 하고 말했다.

국숫집에 들어가니 웬일인지 손님이 다섯 명이나 있었다. 가게는 테이블이 여섯 개였는데, 손님들이 테이블 다섯 개에 한 명씩 앉아 있었다. 나는 마지막 남은 테이블에 앉았다. "양념을 바꿔 봤어." 삼촌이 메뉴도 묻지 않고 비빔국수를 내왔다. "오늘은 잔치국

수 먹고 싶었단 말이야." 나는 입술을 삐죽 내밀었다. 삼촌이 손가락으로 그릇 안에 있는 달걀을 가리켰다. 달걀이 두 개나 들어 있었다. 나는 노른자를 잘게 부숴 국수에 비볐다. 그리고 흰자를 꺼내 단무지 그릇에 놓았다. 흰자는 마지막에 먹었다. 엄마는 늘 그렇게 국수를 먹었다. 나는 국수를 한 입 먹고는 뭐가 달라졌는지 모르겠다고 말했다. 삼촌이 잔치국수도 한 그릇 내왔다. 거기에는 달걀지단이 한가득 올려져 있었다. 삼촌의 국숫집은 가게 이름도 '삼촌의 국수집'이었다. 원래는 논술 학원을 했었는데, 학원생들이 문 닫힌 학원 문을 따고 들어와 놀다가 불을 낸 사건을 계기로 학원 문을 닫았다. 그리고 전국을 떠돌아다니다가 어느 시골 장터에서 비빔국수를 먹고 눈물을 흘렸다고 한다. 고추장하고 참기름만 들어간 평범한 국수였다. 혀는 맛있다고 느끼지 않았는데 뱃속에 들어가니 이상하게 맛있게 느껴졌다고 가게 개업식 날 삼촌은 말했다. "그게 뭔 말이야?" 내가 묻자 삼촌은 그래서 네가 국어를 못하는 거야,라고 말했다. "떠돌아다니니 외로웠고 외로우니 배가 고팠던 거지." 내가 말했다. 그날 나는 외롭지 않았는데 국수를 두 그릇이나 먹었다.

삼촌은 아빠의 치킨집 맞은편에 가게를 차렸다. 아빠는 엄마랑 연애를 할 때부터 그렇게 따라다니더니 결국 식당까지 따라다닌다고 삼촌에게 투덜댔다. 삼촌이 국숫집을 차린 뒤부터 나는 삼촌의 국숫집에서 공부를 하면서 아빠를 기다렸다. 국숫집은 장사가 잘되는 편은 아니었고, 그래서 손님이 없는 시간에는 삼촌이 과외 선생님이 되었다. 잔치국수까지 먹고 나니 배가 볼록해졌다. 그릇을 주방에 가져다 놓고 행주로 테이블을 닦았다. 닦는 김에 다른 테이블까지 닦았다.

"내 아들 부려 먹지 마." 가게 문을 열고 아빠가 말했다. "그럼 국수 값 줘요." 삼촌이 대답했다. 아빠가 배달을 가야 한다며 나보고 잠깐 가게를 보라고 했다. 배달을 하는 형이 아직 나오지 않았다며. "매형도 우리 조카 부려 먹지 마요." 삼촌이 말했다. 나는 아빠의 가게로 가서 카운터에 앉았다. 거기서 삼촌의 국숫집을 보았다. 인부들이 2층에 새 간판을 달고 있었다. 원래 교회가 있던 자리였다. 삼촌은 교회 아래에 국숫집을 차리면 새벽 기도를 하러 온 사람들이 국수를 사 먹을 거라고 생각했지만 신도 중에서 국숫집을 찾은 사람은 아무도 없었다. 나는 간판을 올려다보았다. '어메이징 마술 학원' 나는 어메이징의 스펠링을 떠올려 보았다. 그러다 문득 궁금증이 들었다. 그런데 벽은 어떻게 통과하는 걸까? 그게 궁금해 마술을 배워 보고 싶다는 생각이 들었다. 간판을 다 달고 난 뒤 인부들이 머리와 어깨에 쌓인 눈을 털었다. 삼촌이 종이컵 두 개를 들고나와 인부들에게 건넸다. 눈이 계속 쌓였다. 가게 앞을 쓸어야지. 손님들 넘어지겠다. 빗자루가 어디 있더라. 그런 생각이 들었지만 몸이 움직여지지 않았다. 눈꺼풀이 스스르.

딸랑, 하고 문이 열리는 소리에 얼른 고개를 들었다. 손님 두 명이 들어왔다. 주방을 보니 아빠는 아직 오지 않았다. 조금 기다려야 한다고 말했더니 손님들이 도로 나갔다. 시계를 올려다보았다. 사십 분이나 지났다. 사십 분이면 돌아와 치킨 한 마리를 다시 튀겨 배달을 나갈 시간이었다. 나는 자리에서 일어났다. 그리고 삼촌한테 가서 말했다. 아빠가 아직 오지 않았다고.

3

피자 배달부가 사거리에서 신호를 위반한 것이 시작이었다. 그 바람에 승용차가 급정거를 했고, 앞차의 급정거에 놀란 트럭이 급히 차선을 바꾸었고, 갑자기 튀어나온 트럭에 놀란 아빠가 핸들을 틀다 미끄러졌다. 넘어지면서 오토바이에 오른쪽 다리가 깔리는 바람에 종아리가 부러졌다. "다행히 혼자 밥을 먹을 수는 있어." 아빠가 말했다. 오른손 손가락 두 개가 부러졌다. "이도 혼자 닦을 수 있고." 삼촌이 오른손으로 브이 자를 만들었다. "이건 안 되잖아요." "왼손으로 하면 되지." 아빠가 링거 바늘이 꽂혀 있는 왼손을 들어 브이 자를 만들었다. 내가 태어났을 때 삼촌은 발목 인대를 다쳤다. 조카가 태어났다는 소식에 너무 기뻐 뛰어오다가 병원 앞에서 넘어진 거였다. 내가 태어났고, 삼촌이 처음으로 깁스를 하고, 119 구조대원들이 엄마를 싣고 온 병원에 지금은 아빠가 누워 있다. 그 생각을 하자 눈물이 나려 했다. 그래서 나는 얼른 아빠한테 화를 냈다. 혼자 이도 닦을 수 있으니 절대 머리도 감겨 주지 않겠다고.

아빠의 옆 침대에 누워 있던 아저씨가 어쩌다 다쳤냐고 물었다. 아빠처럼 오른쪽 다리에 깁스를 하고 있었다. 아빠가 오토바이라고 대답했더니 아저씨도 오토바이라고 대답했다. "전 치킨요." "전 피자예요." 그렇게 말하고는 둘이 동시에 웃었다. 웃음을 그친 아저씨가 속삭이듯 말했다. "저 문 앞에 있는 남자는 기침을 하다 목뼈에 금이 갔대요. 세상에." 그 말에 나랑 삼촌이 동시에 고개를 돌려 문 앞을 바라보았다. 그 남자를 보자 조금 전에 머리도 감겨 주지 않겠다고 말한 게 후회되었다.

삼촌이 병실에 있겠다며 나보고 집에 가라고 했다. 나는 내가 남겠다고 했고, 아빠는 다 귀찮다며 모두 가라고 우겼다. 가위바위보를 해서 결국 내가 이겼다. 열 시가 되자 병실 불이 꺼졌다. 나는 침대 아래에 들어 있는 간이침대를 꺼내 거기 누웠다. "추워?" 아빠가 물었다. 나는 좋은 패딩을 입어서 안 춥다고 대답했다. 잠시 후, 여기저기서 자는 소리가 들려왔다. 여섯 명의 숨소리가 제각각이었다. 나는 그 숨소리들을 따라 숨을 쉬어 보았다. 그러자 숨소리들이 여러 모양의 블록이 되어 천장에서 내려왔다. 아빠의 숨소리는 'ㄱ', 창가에서 들리는 숨소리는 'ㅁ', 옆에서 들리는 숨소리는 'ㅡ', 그런 블록이 내 안에서 차곡차곡 쌓였다. 테트리스 게임처럼. 나는 블록이 내 안으로 떨어질 때마다 눈을 한 번씩 깜빡거렸다. 그러다 잠이 들었다.

"자니?" 아빠가 나를 불렀다. 그 바람에 눈을 떴다. 아빠는 화장실에 가고 싶다며 복도에 있는 휠체어를 가져다 달라고 했다. 문에 휠체어가 그려진 화장실로 들어가면서 아빠가 말했다. "혼자 해 보고 안 되면 부를게." 그리고 화장실에 나오면서 왼손으로 브이 자를 그려 보았다. 병실로 돌아가기 답답하다는 말에 아빠랑 1층 로비로 내려갔다. 커피를 마시고 싶다고 해서 카페 표시가 있는 곳으로 가 보았다. 아직 문을 열지 않았다. 지나가는 간호사 선생님에게 커피 파는 곳을 물었더니 복도 끝에 자판기가 있다고 알려 주었다. 아빠가 카푸치노를 먹겠다고 했다. 나는 잠깐 고민을 하다 같은 것으로 뽑았다.

밤새 내렸는지 제법 눈이 쌓여 있었다. 바람이 불어서 바닥에 깔린 눈이 다시 하늘로 날아오르는 것처럼 보였다. 후루룩. 아빠가 일부러 소리를 내며 커피를 마셨다. 아침마다 아빠는 그렇게 소리를 내며 커피를 마셨다. 아빠의 말에 의하면 그렇게 마시면 커피가 두 배로 맛있게 느껴진다고 했다. 후루룩. 나도 아빠를 따라 커피를 마셨다. "정말이네." 두 배까지는 아니어도 조금 맛있게 느껴지는 것 같았다. 그때, 아빠가 말했다. "아빠가 열 살 때 말이야. 산속에서 길을 잃었거든." 아빠는 칡을 캐러 산에 갔다가 길을 잃었다고 한다. "칡을 캐다 사슴을 본 거야. 그래서 그 사슴을 뒤쫓아 갔는데, 그렇게 한참 쫓아가다 정신을 차려 보니 어디가 어딘지 모르겠더라고." 아빠가 다시 커피를 한 모금 마셨다. 그리고 계속 이야기를 들려주었다. "5일이나 걸렸지. 군인들이 나를 찾아내는 데." 아빠의 사연은 당시에 뉴스에 나오기도 했다고 한다. 삼백 명의 군인들이 산속을 뒤졌다.

아빠는 계곡을 찾아 산을 헤맸다. 계곡만 찾으면 마을을 찾을 수 있을 거라는 희망에. 그러다 겨우 발견한 계곡에서 아빠는 넘어졌고, 발목이 부러져 걸을 수가 없었다. 그래서 바위에 웅크리고 앉아서 사람들이 오기만을 기다렸다. "칡 캐면 담으려고 가져간 비료 포대. 그걸 덮어쓰고." 아빠는 왼손으로 왼쪽 다리를 두드렸다. "그때 다친 다리는 이쪽." 나는 두 손으로 종이컵을 동그랗게 말았다. 바지에 커피가 한 방울 흘러서 얼룩이 생겼다. "나는 기적의 소년의 아들이네."

나는 휠체어를 밀고 복도를 걸었다. 1층 로비를 지나, 비뇨기과를 지나, 내과를 지나, 알레르기 검사실을 지났다. "기적같이 살아난 뒤 아빠가 가장 많이 들은 말이 뭔지 아니?" 아빠가 말했다. "죽다 살았으니 열심히 살아야 한다. 문방구 아저씨는 그 말을 매일 했지. 내가 졸업할 때까지." 아빠는 정말 그 말대로 살려고 애를 썼다. 나는 갈림길에서 약국 방향으로 휠체어를 틀었다. "그러다 네 엄마랑 연애를 하게 되었는데, 그때 처음으로 다른 말을 들었어." 약국 앞에서 휠체어를 혼자 밀고 가는 환자와 마주쳤다. 둘이 가벼운 목 인사를 했다. "아직도 생각나. 서울대공원에 벚꽃 구경을 갔을 때였어. 내 이야기를 듣더니 네 엄마가 이렇게 말했어. 죽다 살았으니 행복하게 살아야죠, 하고." 엄마한테 그 말을 들은 아빠는 조금 놀랐는데, 그때까지 그 말을 해 준 사람이 아무도 없었기 때문이었다. 나는 약국을 지나 다시 로비로 돌아왔다. 그리고 아빠한테 말했다. "기억나요? 내가 어릴 때 아빠한테 왜 엄마랑 결혼했냐고 물었던 거." 아빠는 기억이 나지 않는다고 대답했다. 방학 숙제로 가족사진을 그려야 해서 나는 아빠하고 엄마한테 똑같은 질문을 했다. "그때 아빠가 이렇게 말했어요. 네 엄마는 몸속에 웃음이 들어 있어. 그래서 늘 배꼽으로 웃지." 나는 그 말이 무슨 뜻인지 몰랐지만 참 좋았다고 아빠한테 말했다. "그런데 네 엄마는 뭐라고 말했어?" 아빠가 물었다. "비밀이에요." 내가 대답했다.

나는 아빠한테 아무도 밟지 않은 눈에 첫 발자국을 내 본 적이 없다고 말했다. 아빠는 가만히 생각하더니 한참 만에 대답했다. "아빠는 많았는데. 그런데 첫 휠체어 자국을 내 본 적은 없네." 병원 현관을 나서니 누군가 벌써 눈을 쓸어 냈다. 나는 휠체어를 밀고 후문 방향으로 가 보았다. 거기에 아무도 밟지 않은 눈이 쌓여 있었다. 아빠와 나는 첫 발자국을 만들었다. 하트 모양으로 하려니 창피해서 그냥 동그라미를 만들었다. 그리고 패딩 점퍼를 벗어 아빠 다리에 덮어 드렸다. "뭐 하게?" 아빠가 물었다. "눈사람." 뽀드득 소리가 날 정도로 눈이 잘 뭉쳐졌다. 금방 무릎 정도 높이의 눈

사람이 만들어졌다. 근처 화단을 뒤져 동그란 자갈 하나를 찾았다. 나는 그걸 눈사람 배에 넣었다. "그게 뭐냐?" 아빠가 묻길래 나는 배꼽이라고 대답했다.

"여기서 뭐해? 한참 찾았잖아." 저 멀리서 삼촌이 소리를 질렀다. 나와 아빠가 손을 흔들었다. 삼촌이 뛰어왔다. 엄마 동생이니까 삼촌도 몸속에 웃음이 들어 있을 거라는 생각이 들었다. 어디쯤? 아마 삼촌은 무릎 정도가 아닐까 싶다. 그럼 나는? 나는 발바닥쯤. 배꼽까지 오려면 아직 멀었다. 아빠가 삼촌한테 소리쳤다. "뛰지 마. 넘어져." 아빠 말이 끝나자마자 삼촌이 넘어졌다. 아빠가 그걸 보고 웃었다. 나는 신발을 내려다보았다. 어제 흘린 코피 자국이 신발 코에 남아 있었다. 발바닥이 간지러웠다. 웃음이 났다. 웃으면서 나는 생각했다. 나중에 이 풍경을 사랑하는 사람에게 말해 주리라고.

제가 어렸을 때 좋아했던 만화 영화의 한 장면을 소개해 드릴까 합니다. 외계에서 온 주인공이 지구에서 이런저런 일을 겪으며 희망을 찾아가는 이야기였는데, 그중 주인공이 경마 대회를 나가는 일화가 있었습니다. 오래된 이야기라 어째서 경마 대회를 나가야 하는지는 잊었습니다. 다만, 주인공이 꼭 일등을 해야 했죠. 하지만 주인공이 모는 말보다 더 빨리 달리는 말이 있었습니다. 주인공이 모는 말이 그 뒤를 따랐고 마지막에 안간힘을 냈습니다. 마침내 두 말이 동시에 결승선에 들어왔습니다. 그리고 비디오 판독에 들어갑니다.

어떻게 되었을까요? 세상에나. 주인공이 모는 말이 혓바닥을 내밀었습니다. 혓바닥이 먼저 결승선에 닿았지요. 어린 저는 웃었습니다. 너무 웃겨 방바닥을 굴렀습니다.

혓바닥이라니 혓바닥이라니, 하며 웃었습니다.

거의 사십 년 전 일인데도 전 아직까지 이 이야기를 떠올립니다. 힘들 때마다 생각합니다. 그때마다 혼자 웃습니다. 사람들이 도대체 그게 왜 웃기냐고 묻는다면 어떻게 설명해야 할지 잘 모르겠습니다. 그렇지만 이렇게 말해 주고 싶습니다. 누구나 주머니에 좋아하는 장면 한두 개를 넣어 두어야 한다고요. 나를 행복하게 했던 장면 한두 개 말이에요. 그리고 가끔씩 꺼내서 들여다보면 얼마나 위로가 되는지 모른다고요.

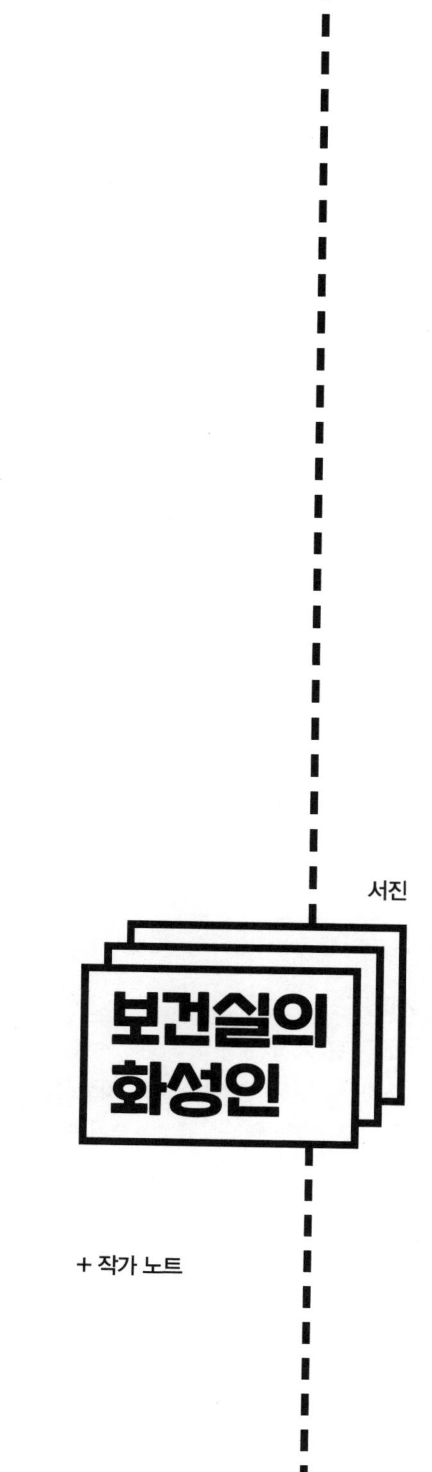

서진

보건실의 화성인

+ 작가 노트

서진

2007년 장편소설 『웰컴 투 더 언더그라운드』로 한겨레문학상을 수상하면서 작품 활동을 시작했다. 2016년 『아토믹스: 지구를 지키는 소년』으로 비룡소 스토리킹을 수상했다. 장편소설 『하트브레이크 호텔』, 동화 『아빠를 주문했다』, 에세이 『서른아홉, 피아노를 배우기 시작했다』 등이 있다.

보건실의 화성인

우리 학교에서 제일 아픈 아이는 나다. 중학교 때 잠깐 '웃지 못하는 병'을 앓았더니 손만 들면 보건실로 직행할 수 있다. 엄마는 내게 신신당부를 한다. 무리하지 말고 마음 편하게 학교에 다니라고. 하지만 엄마는 모른다. 고등학교를 마음 편하게 다니는 게 얼마나 어려운지.

보건실에 가기 위해 텅 빈 복도를 걷는 게 좋다. 3층에서 1층으로 중앙 계단을 내려가면 되지만 일부러 복도 끝까지 돌아간다. 교실에 꼼짝없이 붙잡힌 아이들이 몸을 뒤틀며 앉아 있는 모습을 본다. 나를 알아보는 몇몇 아이들이 손을 흔든다. 수학 선생님이 호통을 치는 소리가 들린다. 이곳에 속해 있지만, 이곳에 속해 있지 않은 듯한 기분이 든다.

나는 후다닥 계단을 내려가 보건실 문을 열었다.

"종민이구나. 또 머리가 아픈가 봐?"

보건 선생님의 눈빛이 미심쩍다. 푸근한 인상과 체구만큼 마음도 넉넉하신 여자 선생님이다. 나는 얼굴을 찡그리며 최대한 아픈 척을 했다. 선생님이 뭐라고 하기 전에 수면실의 문을 열고 맨 안쪽 침대로 폴짝 뛰었다. 어두워도 내 자리는 잘 찾을 수 있다.

"아얏!"

나도 모르게 비명이 튀어나왔다. 물컹한 게 침대에 들어가 있었기 때문이다. 후다닥 침대에 빠져나와 보니 한 녀석이 꼼짝도 하지 않고 몸을 웅크리고 있었다.

"누… 누구야? 여긴 내 침대야!"

커튼을 열어젖히자 방 안이 환해졌다. 뭐야? 교복도 입지 않은 데다 머리를 노랗게 염색한 녀석이 가만히 있기에 손가락으로 어깨를 푹, 찔러 보았다. 차가울 줄 알았는데 따뜻하다. 열이 나는 건가? 뒤에서 보건 선생님의 목소리가 들렸다.

"방해하지 말고 다른 침대 써. 안 그러면 쫓아낼 테니까."

수업을 마치는 종이 울리자 나는 보건실을 빠져나왔다. 중학교 동창인 옆 반 동식이를 통해 녀석의 이름을 파악했다. 이남호. 지난주에 동식이네 반으로 전학을 왔단다. 입이 달라붙은 것처럼 말이 없어서 정체는 오리무중. 키가 커서 맨 뒷자리에 앉는데 옆자리의 덩치 큰 아이가 시비를 걸었다가 된통 당했단다. 녀석이 책상을 그대로 던져 버렸다나? 이후로 녀석에게 시비를 거는 아이는 없지만 언젠가 한 번은 호되게 당할 거라고 동식이가 말해 줬다. 걱정을 하는 건지, 기대를 하는 건지는 헷갈렸지만.

남녀 공학이던 중학교를 졸업하고, 남자 고등학교에 진학하니 학교가 야생의 초원처럼 느껴진다. 평화로운 듯 보이지만 치열한 서열 싸움이 일어나는 곳이다. 공부의 세계에도 서열이 있고, 힘의 세계도 마찬가지다. 1학기의 중반이 넘어가는 지금, 서열은 대부분 정리되었다. 나는 양쪽 세계 모두에서 논외의 대상이었는데, 난데없이 이남호가 등장했다. 내게도 경쟁자가 생긴 것이다. 누가 더 아픈지 겨루는 보건실의 경쟁자가.

나는 일주일에 최소한 한 번, 많게는 세 번 보건실에 들른다. 이왕이면 수학 시간이나 영어 시간을 고르지만 너무 티가 나면 안 되기 때문에 다른 과목 시간도 섞는다. 이틀 후 수학 시간에 보건실에 갔을 때, 안쪽에서 보건 선생님의 목소리가 들렸다.

"남호야, 네 나이 때엔 다들 그런 충동을 느끼니까 너무 부담 갖지 마. 약은 제대로 챙겨 먹고 있지? 언제든 아프면 보건실로 와도 좋아. 선생님하고 마음 터놓고 이야기해도 좋고."

나는 문에 바짝 귀를 갖다 댔다. 녀석이 뭐라고 대답하는지 듣고 싶었지만 끝내 들을 수가 없었다. 안쪽이 조용해졌을 때 수면실의 문을 열고 들어갔다. 이번에도 녀석이 내 자리를 차지하고 있었다.

나는 녀석의 옆 침대에 조심스레 누웠다. 창밖에서 새가 시끄럽게 지저귀고 있었다.

"야, 너 어디가 아픈 거냐?"

녀석은 대답하지 않았다. 옆 침대와의 거리가 겨우 한 사람이 들어갈 수 있을 만큼 가까워서 녀석이 뒤척이는 소리가 잘 들렸다. 침대 옆으로 삐죽하게 튀어나온 녀석의 팔이 보였다. 팔찌를 여러 개 찬 것처럼 팔목에 숙숙 흉터가 나 있었다. 나는 한참 동안 그 상처를 노려보았다. 어느 순간, 흉터투성이의 팔이 이불 속으로 재빨리 숨었다.

"그냥 꾀병이야. 너는 어디가 아픈데?"

녀석이 말했다. 말은 할 줄 아나 보다.

"나?"

마지막으로 발작을 일으켰을 때가 떠올랐다. 작년에 수지와 함께 패스트푸드점에서 햄버거를 먹고 있을 때였다. 내가 실없는 농담을 했는데 수지가 방긋, 웃어 주었다. 그 모습을 보고 너무 좋아서 하하하하, 웃다가 웃음이 멈추지를 않았다. 머리가 쭈뼛쭈뼛 서더니 팔다리가 뻣뻣하게 굳어 버렸다. 침을 질질 흘리면서도 푸하하하……. 바보같이 좋아하는 아이와 처음으로 단둘이 있던 자리에서 그런 일이 일어나다니. 죽을 만큼 부끄러운데도 고장 난 로봇처럼 철퍼덕, 바닥에 쓰러졌다. 내 정신은 아득히 먼 곳으로 사라지고 병원 응급실에서 깨어났다. 그 생각을 하니 등골이 서늘해졌다. 발작을 일으킨 기억만으로도 다시 발작이 일어날 것 같은 기분이 드는 것이다.

다음 날부터 수지는 슬슬 나를 피했다. 수지뿐만 아니다. 우리 반 전체가, 아니 우리 학교 전체가 나를 피하는 것 같았다. 마치 내가 전염병이라도 옮긴다는 듯이.

"웃지 못하는 병이야."

설명하기가 귀찮아 내 맘대로 말해 버렸다. 틀린 말은 아니다. 그날 이후로 나는 되도록 웃지 않으려고 노력했다. 웃음을 참지 못하면 그날처럼 발작을 일으킬 것만 같았기 때문이다. 의사 선생님에게 물어보니 그럴 수도 있고, 그렇지 않을 수도 있다는 애매한 답을 들었다. 나의 경우, 발작은 뇌의 측두엽에서 갑작스러운 뇌세포들의 활동이 일어나서 생기는 것이다. 측두엽은 감정이나 응급 방위, 단기 기억을 담당하는 부분이기 때문에 특정한 감정이 전조 작용이 될 수 있다고도 했다. 하지만 웃음은 뇌에서 일어나는 잔치와 같아서 도파민을 증가시켜 뇌와 몸 전체를 건강하게 만들어 준단다. 약을 먹고 마음을 편안하게 가지라는 들으나 마나 한 답변을 들었다.

하지만 나는 친구들이 웃긴 이야기를 해도 꾹 참고, 예능 프로그램도 애써 보지 않았다. 한동안 웃지 않았더니 어떻게 웃는 건지도 잊어버렸을 정도다. 엄마는 내 얼굴이 조금 이상해졌다고 했고, 형은 사춘기가 온 거라고 했다. 나의 이런 눈물겨운 노력 덕분에 아직 쓰러진 적은 없다. 웃음 사건 이후로 근 일 년 동안 말이다.

"그런 병은 처음 들어보는데."

"희소병이라고 하기엔, 생각보다 걸린 사람들이 많아. 하지만 불치병에 가깝다고. 위험해서 수술을 하기도 힘들어."

나는 짐짓 심각하게 말했다.

"그럼 나도 똑같은 병에 걸린 거네. 웃어 본 기억이 전혀 없거든."

녀석은 마치 내가 벽 쪽에 누워 있기라도 한 듯 고개를 돌리지 않고서 말했다.

"미칠 만큼 지루한 병에도 걸린 것 같네."

그 병은 내가 고칠 수 있을 것 같다.

"재밌는 책 빌려줄까? 도서부라서 남들보다 두 배로 빌릴 수 있어."

만화책밖에 읽지 않는 내가 도서부가 된 건 순전히 동식이 때문이었다. 만화책이 많다는 동식이의 꾐에 잘못 빠져들어 허리가 아플 정도로 책 정리를 하고 있다. 읽을 만한 만화책은 몇 권 없었고, 도서부원이 부족했던 것뿐이었다. 녀석의 대답을 듣지도 않았는데 내 맘대로 어떤 책이 좋을까, 생각하고 있었다. 도무지 떠오르는 책은 없었지만.

우리 집에서 공부는 형의 몫이다. 특목고에서도 전교 1, 2등을 다툰다. 학교에서 보충 수업을 마치고 학원까지 다녀온 뒤에도 공부를 한다. 형에게 비법을 전수받아 조금 무리를 하면 성적이 껑충 뛸지도 모른다. 하지만 나는 발작을 일으키지 않을 정도로만 적당히 공부를 하고 있다. 무리하지 않게 조심, 또 조심.

형이 중학교에 다닐 때까지는 같은 방을 썼다. 이사를 온 후에 방이 하나 늘어서 형이 큰방, 내가 작은방을 차지했다. 처음엔 나만의 방이 생겨서 좋았지만, 이내 심심해졌다. 잠이 오지 않을 때, 이층 침대 위층에 누워 있는 형과 이런저런 이야기를 했는데 이젠 말똥말똥 천장만 바라봐야 한다. 나는 형의 방문을 조심스레 열어본다. 푸르스름한 스탠드 불빛 때문에 눈이 부시다.

"뭐 하니? 안 자고."

형이 묻는다.

"그냥. 화장실 가려다가 불이 켜져 있어서…… 형, 전교 일등 하면 어떤 기분이야? 애들한테 엄청 인기 많지?"

형은 멍하니 나를 바라보다 피식 웃는다.

"다들 경쟁자일 뿐인데. 내가 성적이 떨어지길 기대하면서 친한 척하는 거지 뭐. 대학교 가면 맘 편하게 친구를 사귈 거다. 여자 친구도 많이. 친구는 너 같은 애들이 많은 거 아냐?"

형은 나의 바보 같은 질문에도 항상 친절하게 대답해 준다. 나 같은 애들이라는 게 정확히 뭔지 모르겠지만 형은 한참 잘못 짚었다. 존재감이 없는 애들에게는 친한 척하는 애들도 없다. 보건실에 너무 자주 가서 그런가? 내가 무슨 병에 걸렸는지는 비밀로 했는데도 이미, 전교생이 다 알고 있는 것 같았다.

나는 동식에게 자문을 구해 재미를 보장하는 판타지 소설을 두 권 골라 남호에게 빌려주었다. 두께가 꽤 나가서 일주일은 족히 걸릴 것 같았는데 남호는 사흘 만에 다 읽었다. 어차피 녀석도 나처럼 보충 수업은 빼먹고 학원도 다니지 않기 때문에 시간이 남아돈다고 했다.

보건실에 갈 때마다 책을 빌려줬는데 나중엔 남호가 도서실에 들르기 시작했다. 내가 대출 당번일 때를 골라서 왔다. 남호가 빌리는 책은 주로 과학 소설이었다. 녀석이 책을 반납하면 나도 슬쩍 읽어 보았다. 어떤 건 무슨 말을 하는지 도통 이해가 안 되었고, 또 어떤 책은 밤을 새울 만큼 재미있었다. 게임보다 더 시간이 잘 가는 책이라니, 믿을 수가 없었다.

우리는 보건실에서 이런저런 이야기를 많이 나누었다. 가족에 관한 것도 있고, 함께 읽은 책에 관한 것도 있었다. 수지가 고등학교에 진학하자마자 남자 친구를 사귀었다는 이야기도 했다. 이야기는 맥락 없이 끊어지다가 또 다른 이야기로 넘어가기도 했다. 학교 안, 보건실이 아닌 곳에서 남호를 마주치기도 했지만 그때마다 녀석은 나를 모른 척했다. 나도 모른 척했다. 어쩐지 그래야 할 것 같았기 때문이다.

남호는 중학교 1학년 때 미국으로 조기 유학을 갔다가 올해 돌아왔다고 했다. 햄버거와 스테이크가 지긋지긋해서라고 했지만 이런저런 이야기를 나누다가 얼핏 짐작 가는 게 있었다. 남호는 그곳의 학교생활에 적응을 잘 못했던 것 같다. 엄마가 미국에서 함께 살고 아빠는 한국에 살았는데 점점 사이가 멀어져 결국엔 헤어졌다. 이런 것들은 물어보지 않아도 이야기 속에서 자연스레 알 수 있는 것들이었다. 하지만 정작 중요한 건 물어보지 못했다. 남호는 왜, 자신의 손목을 긋는 따위의 짓을 했던 걸까? 그건 나도 짐작을 할 수가 없었다.

남호가 보건실에 오는 횟수가 점점 늘어났다. 녀석에게 질 수 없어서, 나도 거의 매일 들락날락거렸다. 그러던 어느 날, 남호가 덜컥 이틀이나 결석을 했다. 전화기가 꺼져 있어서 보건 선생님을 졸라 주소를 알아냈다. 학교 인근의 맨션에서 자기를 이모,라고 소개한 사람과 단둘이 살고 있었다. 현관에서 기다란 복도를 따라 안쪽으로 들어가니 우리 집과는 비교할 수 없을 정도로 넓은 거실이 나왔다. 베란다 문 밖으로 해가 뉘엿뉘엿 지고 있는 한강이 보였다. 이모는 남호의 방으로 나를 안내했다.

보건실이 아닌 곳에서 녀석을 보니 좀, 어색했다. 도서실에서 가져온 따끈따끈한 신간을 건네니 고맙다며 팔을 들었는데 팔목에 붕대가 칭칭 감겨 있었다. 흉터가 하나 더 늘어나겠구나. 나는 못 본 척 고개를 돌리고 애써 밝은 목소리로 말했다.

"남호야, 걱정 마. 내가 너를 치료해 주려고 여기에 왔으니까. 침대에서 벌떡 일어나게 해 줄게."

나는 의자를 침대에 바짝 당겨 앉았다. 남호는 침대에 기대어 앉아 멀뚱하게 나를 쳐다보았다. 안 그래도 얼굴이 하얀데, 더 하얗게 변해서 푸르스름하게 보일 지경이었다. 노랗게 염색했던 머리카락이 새로 자란 검은 머리카락에 반쯤 밀려났다. 나는 예고 없이 침대로 달려들어 녀석을 넘어뜨렸다. 그리고 겨드랑이를 간지럽혔다.

"이래도 웃지 않을 테냐! 우리 학교에서 제일 아픈 아이는 나라고! 결석을 하다니 반칙이잖아!"

남호는 으윽, 하고 짧은 비명을 지를 뿐 웃지는 않았다. 억지로 참고 있는 게 분명했다. 그럴수록 나는 더 집요하게 겨드랑이를, 가슴을, 몸통을 간지럽혔다. 남호의 몸은 보기보다 더 마르고 힘이 없었다. 그때 갑자기 문이 열리고 이모가 들어왔다. 양손엔 빨간 수박이 담긴 쟁반이 들려 있었다. 이모는 일시 정지한 화면처럼 잠시 서 있다가 수박을 책상 위에 놔두고 방을 나갔다. 갑자기 남호가 발로 내 등을 차 버리는 바람에 나는 비명을 지르며 바닥을 굴렀다.

우리는 밖으로 나와 한강변을 걸었다. 주말이라서 그런지 달리기를 하는 사람들, 자전거를 타는 사람들이 많았다. 해는 이미 지고 있었지만 붉은 구름 때문에 밖은 환했다. 유월인데도 여름이 바짝 다가와 후덥지근했다. 다들 반팔을 입었지만 남호는 긴 셔츠를 입고 있었다. 나는 아이스크림을 먹고, 남호는 콜라를 마셨다.

"화성에서 사람이 살 수 있을까? 지구로 돌아갈 수 없는 걸 알면서도 견딜 수가 있을까?"

남호가 뚱딴지같은 말을 하는 건 익숙했다. 저 혼자 머릿속으로 생각하다가 중간에 갑자기 말이 튀어나오니까 그런 거다. 이번엔 남호가 무슨 말을 하는지 안다. 나도 필립 케이 딕의 소설을 읽었으니까. 남호가 유독 그 작가를 좋아해서 내가 전집을 희망 도서로 신청했을 정도다. 환경 오염 때문에 지구가 살 수 없는 곳으로 변해서 화성으로 사람을 보내지만 그곳의 생활도 만만찮다. 화성인들은 삭막한 현실을 잊기 위해 환각제를 사용한다. 예언자를 찾아가 도움을 구하기도 하고.

"너는 지구로 돌아왔으니 잘 적응해서 살면 되잖아."

내가 말하자 남호는 걸음을 멈췄다.

"여기가 진짜로 지구인지 어떻게 확신할 수 있는 거지?"

남호의 눈동자가 살짝 흔들리는 순간, 나는 알아차려 버렸다.

"그래서 손목을 그었던 거야?"

남호가 대답하지 않아도 안다. 녀석은 화성으로 돌아가고 싶었던 것이다. 자신이 진짜로 속했던 곳으로. 손목을 그으면 화성에서 깨어날 거라고 생각했나 보다. 나는 소설 속의 예언자처럼 녀석에 확답을 주고 싶었다. 그럴 필요 없다고. 너와 내가 함께 살아야 할

곳은 바로 이곳이라고.

남호는 나보다 서너 발짝 앞서가고 있다. 나는 달려가 녀석의 손목을 살짝 붙잡았다. 상처가 난 곳이라서 그런지 손목이 파르르 떨렸다. 남호는 놀란 듯 나를 쳐다보았다. 나는 침을 꿀꺽 삼켰다.

"저기…… 할 말이 있는데."

그때, 누군가가 내 어깨를 툭 쳤다. 아이스크림이 바닥에 떨어져 보기 흉해졌다. 고개를 들어 보니 몸집이 우람한, 우리 학교 교복을 입은 녀석이었다.

"아이쿠, 이게 누군가? 보건실 커플이 이제 한강 데이트까지 진출했네. 결석한 이유가 다 있었구나. 병신들끼리 보기 좋다."

덩치가 남호의 어깨를 툭 쳤다. 덩치 뒤에는 사복을 입은 아이 서넛이 히죽거리며 서 있었다.

"네가 던진 의자에 맞아 병원비가 꽤 나왔어. 슬슬 보상을 해 주셔야 할 텐데."

순식간에 남호가 주먹을 날려 덩치의 얼굴을 가격했다. 하필이면 붕대가 감긴 팔로. 남호의 얼굴이 일그러지는 게 보였다. 덩치가 뒤로 주춤거리더니 씨익, 웃었다. 덩치의 코에서 피가 주르륵 흘렀다.

"이 정도밖에 안 돼? 주먹 찜질을 한번 당해 봐야겠다."

뒤에 서 있던 아이들이 우르르 앞으로 나왔다. 남호가 한 발짝 앞으로 내딛자 내가 남호를 막았다. 경찰을 부를 수도 없고, 도망

가기에도 늦었다. 그렇다고 내가 녀석들을 당해 낼 수는 없다. 순간, 좋은 생각이 떠올랐다.

나는 덩치와 남호 사이에서 팔을 꼿꼿이 펴고 부르르 떨기 시작했다. 목을 휙 돌리고 눈을 빠른 속도로 깜빡거렸다.

"뭐…… 뭐야, 이 새끼. 연기 학원 다니냐?"

덩치가 당황하며 뒤로 물러났다. 나는 다리를 휘청거리며 풀썩 쓰러졌다. 온몸을 사시나무 떨듯 벌벌 떨었다. 입을 쩍 벌리니 침이 주르르르 흘렀다. 주변에 사람들이 몰려들었다. 119를 불러야 한다는 둥, 인공호흡을 해야 한다는 둥, 고성이 오갔다. 남호는 내 옆에서 안절부절못하고 있었다. 덩치와 무리는 꽁무니를 빼고 사라졌다. 나는 그걸 확인한 후 자리에서 벌떡 일어났다. 마치 아무 일도 없었던 것처럼.

"나, 괜찮았냐?"

"야, 놀랐잖아! 발작을 일으킨 줄 알았어."

남호는 주먹으로 내 배를 툭 쳤다. 하나도 아프지 않은 펀치였다.

"연기를 하다 보니 발작이 날 것만 같기도 했어."

진짜다. 귀에서 위이이잉 하는 소리가 나서 덜컥 겁이 났다. 예전에도 이명이 들린 후, 발작이 일어났던 적이 있었기 때문이다. 푸하하하, 남호가 웃기 시작했다. 피시식 웃다가, 나중엔 마음 놓고 웃어 버렸다. 공원이 떠나갈 정도로 푸하하하. 그걸 보니 나도 웃고 싶어졌다. 참아야 하지만 그럴 수 없었다. 에라이 나도 모르겠다. 뭐, 어떻게 되겠지. 하하하하, 푸하하하하하……. 한바탕 시원하게 웃었는데도 걱정하던 일은 일어나지 않았다.

사람들이 흘깃거리며 우리를 지나쳐 갔다. 서쪽 하늘에 초승달이 떴는데 그 아래에 작은 별 하나가 반짝거렸다. 저게 금성인가, 수성인가, 화성인가…… 어디에서 읽은 것 같은데 까먹었다. 아마 남호는 알고 있겠지.

"할 말이 뭐야?"

남호가 말했다.

"응?"

"할 말이 있다고 했잖아. 저놈들과 마주치기 전에."

"아, 그…… 뭐더라? 웃다 보니 까먹었어. 배고프다. 편의점이나 가자."

내가 말하자 남호가 피식, 웃었다.

작가 노트

남들은 고등학교 시절을 재미있게 지냈다고 합니다. 하지만 저는 아무것도 기억나지 않을 정도로 어둡고 막막했습니다. 그래도 친한 친구가 한 명 있어서 견딜 수 있었습니다. 반은 달라도 매일 같이 점심을 먹고, 휴일에도 학교에 나와 함께 자율 학습을 했습니다. 그 친구는 내가 기억하지 못하는 고등학교 시절의 일을 가끔씩 이야기해 줍니다. 나는 한 번도 웃지 않고 지낸 것 같은데, 그 친구의 말로는 나도 가끔씩 웃었다고 합니다. 심지어 친구를 웃게 만들기도 했답니다. 아마도 쓸데없는 농담 때문이었겠지요. 그런 웃음이라도 없었으면 어떻게 그 시절을 견뎌 낼 수 있었을까요? 선생님이 늘 강조하던, 성공한 어른은 되지 못했지만 많이 웃을 수 있는 어른은 되었습니다. 쓸데없는 농담도 잘하니까 그럭저럭 성공한 겁니다. 힘이 들 때 억지로 웃을 필요는 없어요. 다만 여러분이 힘들 때, 누군가가 옆에 있으면 참 좋겠다는 생각으로 이 소설을 썼습니다.

박하익

+ 작가 노트

박하익

2008년 계간 『미스터리』 가을호 신인상을 받으며 작품 활동을 시작했다. 2010년 동양일보 소설 부문 신인문학상, 2011년 제6회 대한민국 디지털 작가상 대상, 2018년 제22회 창비 '좋은 어린이책' 창작 부문 대상을 받았다. 장편소설 『종료되었습니다』 『선암여고 탐정단: 방과 후의 미스터리』 『선암여고 탐정단: 탐정은 연애 금지』, 동화 『도깨비폰을 개통하시겠습니까?』 등이 있다.

마음을 함께해 준다면

학생이 학교에 있어야지. 힐끔거리는 사람들의 눈빛이 그렇게 묻는 듯했다. 세림은 입을 꾹 다물었다. 교사와 말다툼을 하고 뛰쳐나온 참이라는 걸 행인들에게까지 일일이 설명해 줄 이유는 없었다. 실내화를 신은 발이 추웠다. 코트도 없이 교복 재킷만 달랑 걸친 제 모습은 건널목 저편에서 어슬렁거리는 안쓰러운 유기견과 다를 바가 없었다.

"다 설명했다니까? 내가 왜 너희 반에서만 그 설명을 안 해. 이전 시간에 부회장 노트에는 적혀 있던 거 확인도 했잖아. 설마 내가 윤정이한테만 귓속말이라도 했겠니?"

교무실에서 들었던 한국사의 말이 메아리쳐 울렸다. 그는 세림을 따라 동행해 온 윤정을 보고 혀를 차며 지적했다.

"너는 필기까지 해 놓고 틀렸더라?"

윤정은 얼굴이 벌게져서 고개를 숙였다.

"사람이면 누구나 실수를 해. 분명히 그때 누가 시답잖은 농담을 했던지, 뭘 떨어뜨려서 주의가 흐트러졌을 거야. 그래서 내 설명을 놓쳤을 거라고. 너도 마찬가지고."

그는 봐준다는 식으로 말했다. 세림은 대답 대신 옆구리에 끼고 있던 필기 노트와 학급 출석부를 한국사의 책상 위에 펼쳐 놓았다. 노트에는 가지런한 글씨로 매 차시 수업이 진행된 날짜가 적혀 있었고, 출석부에는 윤정이 역사 수업에 빠졌음을 증명하는 공결 표시가 있었다.

"윤정이 사생 대회 나가서 그날 수업 하나도 안 들었어요."

세림이 팔꿈치로 찌르자 윤정이 머뭇거리며 덧붙였다.

"맞아요. 세림이가 출석부를 보여 줘서 기억났어요. 노트 필기는 2반 경재한테서 빌려서 미리 적어 두었던 거예요. 걔네 진도가 빨라서요."

"전원 정답 처리 해 주세요. 정정 신청 기간에는 선생님이 학교에 나오지 않으셨잖아요."

세림이 말했다. 다른 반에서는 모두 설명해 주고, 어떤 반에서는 설명하지 않은 부분을 시험에 출제하는 건 형평성에 어긋나는 일이다.

솔직히 문제도 형편없었다. 지난번 한국사 평균이 지나치게 높게 나오니까 아차 싶어서 엮어 낸 치졸한 문제였다. 참고서를 뒤져도 나오지 않는 자잘한 선택지로.

한국사의 표정이 일그러졌다. 불의의 교통사고로 갑작스레 모친을 잃고 장례를 치른 상태라 얼굴에 피로와 짜증이 가득했다.

"정정 기간 끝났어."

"하지만 전 선생님께 문자도 보내고, 전화도 드렸었어요. 아무 답도 없으셨잖아요."

"상식적으로 내가 초상집에서 핸드폰 확인할 수 있었을 것 같아? 장지까지 따라오지 그랬니?"

"저도 할머니 장례 치러 봐서 알아요. 상식적으로 상주가 어떻게 폰을 놓고 있을 수 있어요? 문상객들이 계속 연락해 올 텐데."

세림도 날카롭게 응수했다. 개인적인 슬픔에 잠겨서 허우적거리기 전에 이성을 붙잡고 전화 한 통만 교무실에 주었다면 깔끔하게 처리되었을 문제였다. 모친을 잃은 건 안타까운 일이지만 엄연한 개인사를 핑계로 공적인 실수를 면책받을 수는 없다. 그 일은 학생과는 상관없는 일이고, 세림이 저지른 잘못도 아니었다.

"수업 시간에 주의가 흐트러진 건 저희가 아니라 선생님이에요. 선생님 실수와 불행을 왜 저희가 뒤집어써요?"

윤정이 놀란 얼굴로 친구를 붙잡았다. 옆에서 듣고 있던 담임 선생님도 입이 떡 벌어졌다. 총점 때문에 등수가 하락한 세림은 거침이 없었다. 기말고사까지 봤고 점수도 나왔겠다, 이제는 수행 평가 때문에 한국사에게 아부를 떨 필요도 없었다. 운이 없으면 2학년 때에도 저 얼굴을 봐야 하겠지만 감정이 복받친 지금은 눈에 보이는 게 없었다. 한국사는 자리에서 벌떡 일어나더니 크게 한숨을 쉬었다.

때마침 수업 종이 울렸다. 담임이 서둘러 둘을 돌려보냈다.

"그만하고 교실에 돌아가 있어."

선생님 표정 장난 아니더라. 계단을 내려오며 윤정이 연신 떠들었다. 묘하게 나무라는 듯한 말투가 '별일 아닌데 왜 흥분했니?'로 들렸다.

세림은 싸늘한 눈초리로 윤정을 노려보았다. 애초에 윤정이 대회에 출전하지 않았다면, 조금만 더 일찍 공결을 기억했다면 생기지 않았을 갈등이었다. 대회에 나가서 상 하나 건지지 못하고, 노트에 적어 두고도 시험 문제는 틀린 주제에 화가 난 사람 앞에서 조언을 늘어놓을 자격은 가졌다고 생각하는 모양이었다.

'너 때문에 내가 버르장머리 없는 애가 된 거잖아!'

윤정의 어깨를 거칠게 밀치고 복도를 지나 중앙 현관으로 내려왔다.

외부 손님이 방문하는 날이라서 교문이 열려 있었다. 평소라면 외출증을 확인했을 경비 아저씨는 주차 단속으로 바빴다. 진창이 된 운동장 위에 타이어 자국만이 함수 그래프처럼 어지러웠다.

버스 정류장까지는 십 분밖에 되지 않았지만 교통카드가 없었다. 교실에 전부 두고 나왔다. 매일 메고 다니던 무거운 가방, 교과서와 용돈이 든 지갑, 핸드폰, 그리고 잘나디잘난 자존심까지. 정류장을 지나쳐 다시 걸었다. 근처 패스트푸드점에서 풍겨 나오는 감자튀김 냄새가 매혹적이었다. 교무실에서 따지느라 급식도 제대로 먹지 못했는데…….

시내를 벗어나자 차들이 지나는 하천가 옆 도로가 보였다. 다리 아래로 잿빛 강물이 새하얀 눈발을 삼키며 불어나고 있었다.

지금 다들 무슨 말들을 하고 있을까, 다리 밑을 내려다보며 세림은 헤아려 보았다.

"3반 김세림 없어졌대."

"한국사랑 대판 싸우고 학교 나갔다더라."

"뭐야. 2등 한 번 했다고, 그거에 충격받고 나간 거야?"

화가 난다. 화가 났다. 분노와 추위 속에서 반 아이들과 담임의 얼굴이 하나하나 스쳐 갔다. 그중에는 얼마 전 사이가 멀어진 진희의 얼굴도 있었다.

진희와는 초등학교 때부터 단짝이었다. 부드러운 성격에 배려심도 있다. 이번에 같은 반이 되었을 때도 당연히 친하게 지내리라고 기대했다. 그러나 진희는 새로이 알게 된 민영과 더 돈독해졌다. 둘은 자리도 언제나 붙어 앉고, 웃으며 즐겁게 지냈다.

세림은 그런 둘에게 아무렇지 않게 말을 걸었다. 처음에는 어색해하던 진희도 지금은 세림의 선선한 태도에 익숙해졌다.

'내가 달리 뭘 할 수 있었겠어?'

다른 사람들이 자신을 별것 아닌 사람으로 취급할 때, 세림은 도무지 그런 상황에 익숙해지지 않았다. 구멍이 뻥 뚫려서 이리저리 흔들리는 일회용 봉투가 된 느낌이었다. 어린애처럼 계속 대단한 사람이라고 칭찬받는 상황에만 익숙했다.

진희는 민영이가 더 편해서 개랑 노는 거다. 더 재미있고 인간미가 넘치니까.

요즘 들어 세림은 혼자만 자라지 못했다는 느낌을 종종 받았다. 항상 1등이라 좌절해 본 경험도 없었고, 공부 외에 다른 데 관심을 두지 않아 대화의 폭은 좁았다. 어른들의 칭찬과 감탄이 세림을 화분 속 화초로 만든 것이다. 실패해 봐야 자란다는 걸 아무도 일러 주지 않았다.

두 시간을 넘게 걸어서 집에 도착했을 때는 허기와 추위로 제정신이 아니었다. 녹슨 대문 위로 엄마의 얼굴이 떠올라 막막했다.

'학교 관둘 거야. 난 할 만큼 했어. 엄마도 그동안 1등 엄마로 기펴고 살았잖아.'

어떤 다그침도 이겨 낼 수 있도록 맞받아칠 각오를 다지고 안으로 들어섰다. 집은 기척이 없이 조용했다. 현관 바닥에는 할아버지의 남색 털 방한화만 휑하니 놓여 있었다.

식탁 위에 할아버지를 모시고 물리 치료를 다녀오겠다는 메모가 있었다.

저녁 무렵이 되자 문자 한 통이 더 왔다.

"입원하기로 했어. 집에만 계시니까 더 상태가 안 좋아지시는 것 같아서. 간병인을 못 구해서 오늘은 내가 여기서 잘 거야. 아빠도 늦으신다니까 혼자 좀 있어."

혹시나 담임이 연락을 했으면 어쩌나 걱정했는데 딸이 처한 상황을 모르는 눈치였다. 하긴 담임 입장에서도 세림이 시험 문제에 불만을 품고 학교를 무단으로 뛰쳐나갔다는 사실을 전하기는 쉽지 않았으리라. 하지만 학생이 갑자기 없어졌는데 학부모에게 전화 한 통이 없다니 무책임한 일이다.

아버지는 밤늦게 들어왔다. 대충 인사만 하고 방으로 들어왔다. 자식 키워 봤자 소용없다는 푸념 외에 붙잡는 말은 없었다.

침대에 누워서도 잠이 오질 않았다. 불안하고 머리가 무거웠다. 이대로 천장이 무너져 죽어 버린다면 차라리 나을 것 같다는 기분이 들었다. 누구라도 지금 옆에 앉아서 내가 너라도 화가 났을 거라고, 정말 재수 없는 상황에 걸렸다고 마음을 함께해 준다면 든든할 것 같았다. 지금 자신이 얼마나 겁에 질렸는지, 화가 나고 당황스러운지 말하고 싶은데 한 사람도 곁에 없었다.

'오늘 도대체 무슨 일이 일어난 거지?'

불현듯 이번 주 주번인 최승주가 떠올랐다. 학교 사물함에 두고 온 핸드폰을 생각하다가 갑자기 떠오른 얼굴이었다. 입학 성적은 세림보다 좋았지만 승주는 계속 성적이 떨어졌다. 공부에 관심이 없었다. 높은 필기 고사 점수를 받고도 수행 평가에는 전혀 성의를 보이지 않았다. 지금까지 세림은 승주를 경쟁에서 도태된 아이라고 생각했다.

그러나 지금 생각해 보니 승주는 그저 진력이 났던 건지도 몰랐다. 문제 한 개 더 맞히려고 교사와 싸우다가 학교를 뛰쳐나와 보니 알겠다. 이 모든 상황이 정말 바보 같았다.

내신 1등급으로 얻어 낸 것이 참으로 대단했다. 평온했던 일상이 박살 나고, 심리적으로 벼랑 끝에 서 있었는데도, 말을 나눌 사람이 아무도 없다. 물론 부모님은 지금이라도 솔직히 이야기하면 편이 되어 주실 것이다. 하지만 열일곱 살이나 되어서 정서적으로 의지할 사람이 부모님밖에 없다는 걸 인정하기가 너무 자존심이 상했다.

눈물이 볼을 타고 흘러내렸다. 세상에서 제일 무가치한 사람이 된 기분이었다. 집 밖의 가로등 불빛이 책상 위를 비추었다. 필통에는 너비가 두꺼운 커터 칼이 색색 필기구와 함께 들어 있었다.

커터 칼이 조용히 말을 걸어왔다.

"넌 오늘 인생을 망쳤어."

세림은 변명을 시작했다. 그동안 희생해 온 즐거움에 대해 늘어놓았다. 핸드폰 게임과 드라마 시청, 좋아하는 아이돌 그룹의 음악을 듣는 일, 진희와의 즐거운 외출.

가혹한 성실함으로 포기하고 살았던 지난날을 이야기했다. 미뤄 둔 행복들은 눈 아래 묻혀 버린 가을 낙엽처럼 쓸쓸하게 썩어 가고 있었다.

문득 예전에 보건 선생님께 들었던 번호 하나가 기억났다. 지역 정신 보건 센터에서 나눠 주었던 볼펜에 인쇄되어 있던 그 번호, 청소년 24시간 상담실. 참 쓸데없는 짓 한다 여겼던 그 번호를 오늘 자신이 누르게 되리라고는 생각하지 못했다.

신호가 가는 소리가 끝나고 차분한 목소리가 들려왔다. 간단한 인사를 나눈 후, 세림은 오늘 있었던 일을 머뭇거리며 하나둘 털어놓았다.

"운이 나빴네요. 정말 화가 났겠어요."

이야기를 모두 듣고 난 상담사가 말했다. 울컥 눈앞이 매웠다. 그럴 줄 알았어. 난 틀리지 않았어. 잘못도 없이 나쁜 인간이 되었는데 미치지 않을 사람이 몇이나 되겠어? 감정에 자신이 생기자 정신은 또렷해지고 흥분도 가라앉았다. 마음속에서 요동을 치던 괴물이 마침내 잦아들었다.

"자신만만하고 저돌적인 성격을 가졌네요. 부당한 상황에서 자기 목소리를 내는 건 아무나 쉽게 못 하는 일이죠."

칭찬을 들을 때는 내리쬐는 태양 아래 줄기까지 바짝 말라 버린 나무가 떠올랐다. 세림은 솔직하게 털어놓았다.

"아니요, 저 그렇게 대단하지 않아요. 절박해요. 만약 성적으로 친구를 살 수 있으면 2등으로 떨어진대도 좋으니까 당장에 하나 사 놓고 싶어요."

상담사는 경쾌하게 웃었다.

"어떤 친구요? 교실에서 구체적으로 한 번 골라 보세요. 돈 주고도 살 수 없는 친구라면 좋겠죠? 다른 건 생각하지 말고, 내일 학교에 가서 그 친구에게 말을 걸어요. 그리고 무슨 일이 있었는지 내일 다시 나한테 전화를 걸어서 말해 줘요."

*

다음 날 아침 세림은 평상시보다 일찍 집을 나섰다. 혹시나 책가방을 안 가져왔다는 사실을 아빠에게 들킬까 봐 재빨리 바깥으로 나왔다. 신발장에 있던 쇼핑백에 실내화를 담고, 교실에 남겨 둔 단화 대신 운동화를 신었다.

새하얀 눈으로 뒤덮인 골목을 지나서 평상시처럼 버스를 타고, 어제 돌아서야 했던 버스 정류장에서 내렸다. 교문을 지날 때는 조금 긴장이 되었다.

어떤 교사도 책가방을 들고 오지 않은 세림을 붙잡거나 말을 걸지 않았다. 아마도 일찍 등교했다가 다시 준비물을 사러 나왔으려니 생각하는 모양이었다. 같은 학년 다른 반 아이들을 만났지만 다들 평상시처럼 인사만 하고 지나쳤다.

이유는 교실에 들어와서야 알게 되었다. 교실로 들어오는 세림을 보고 진희가 한숨을 내쉬며 팔을 붙잡았다.

"나왔구나, 다행이다."

"뭐가."

세림은 최대한 덤덤하게 대답했다. 진희만은 자신을 생각해 주고 있었다는 사실이 위로가 되었다. 진희는 어제 윤정에게 이야기를 전해 듣고 놀랐던 마음을 털어놨다.

"우리는 네가 바람이나 쐬다 돌아올 줄 알았어. 그래서 보건실 갔다고 대충 둘러댔지."

보건실 출입증을 미리 제출하지는 않았지만 어떤 교사도 세림이 무단 외출을 했으리라 생각하지 않았다. 그간의 성실함이 불러온 오해였다.

그러나 세림은 오후 수업 내내 돌아오지 않았고 청소 시간에도 세림의 책가방만 의자 위에 놓여 있었다. 종례를 위해 들어온 담임 선생님께 거짓말을 한 건 주번 최승주였다. 표정 하나 변하지 않고 체육 선생님이 불러서 갔다고 둘러댔단다. 학급 아이들의 핸드폰을 걷고 나눠 주는 일은 주번의 몫이었으니, 남아 있는 핸드폰을 보고 상황을 금방 알아차렸던 모양이다.

세림은 황당하다는 듯 웃음을 터트렸다.

"그러니까 아무도 모른다는 거야? 내가 어제 없었다는 걸?"

진희가 고개를 끄덕였다. 전신을 타고 찌르르 온기가 퍼져 나갔다. 죽었다 살아난 기분이었다. 세림보다 늦게 등교한 윤정과 회장 하린은 그녀를 데리고 복도로 나갔다. 하린은 어제 세림의 부모님께 전화까지 드렸던 모양이다.

“너 잘 들어갔냐고만 물어봤어.”

“그래도 용케 나왔네. 오늘도 안 나올까 봐 완전 걱정했는데.”

윤정도 거들었다. 세림의 무단 조퇴를 자기들 멋대로 숨겼으니 쫄릴 만했다.

학교에 다시 나오길 잘했다. 정말 잘했다.

세림은 아무렇지 않게 교실로 돌아와 사물함에서 오늘 배울 과목의 책을 꺼냈다. 손끝이 떨려왔다. 문득 어제 상담사와 했던 약속이 떠올랐다. 오늘 학교에서 일어난 이 우스운 상황에 대해서 들려드리고 싶은 마음이 생겼다. 그러려면 약속을 지켜야 했다. 세림은 승주가 있는 쪽으로 천천히 다가갔다.

“뭐 듣냐?”

분단 맨 뒷자리에 앉아 음악을 듣던 승주의 눈이 커졌다. 제 존재가 오늘 세림을 무사히 학교로 돌려놓았다는 사실은 꿈에도 모른 채, 승주는 한쪽 이어폰을 넘겨주었다.

피아노 건반 소리가 물결처럼 밀려들었다.

부드러운 선율에 안겨 세림은 그동안 자신이 아주 우울했다는 사실을 비로소 인정했다. 지칠 대로 지친 상태였다. 작은 불운도 넘기지 못할 정도로. 세상에 불행과 불운을 피할 수 있는 사람은 없다. 시험을 앞두고 편도선염에 걸리는 일, 가족이 갑작스럽게 죽는 일이나, 다른 사람의 실수로 피해를 보는 일들은 앞으로도 계속 일어날 것이다. 그때마다 매번 학교를 뛰쳐나오거나 죽고 싶다는 생각에 빠질 수는 없었다. 앞으로 한국사 선생님과의 관계가 좀 껄끄럽겠지만, 그건 그분과의 문제였다. 학업을 그만두거나, 죽고 사는 일을 걱정해야 할 정도로 큰 문제는 아니었다.

"아무도 모르던데요. 제가 학교에서 도망쳐 나왔었다는 사실을요."

오늘 밤 전화를 걸어 이야기를 들려주면 상담사는 또 어떤 반응을 보일까.

갑자기 미소 짓는 세림에게 승주는 만족스러운 얼굴을 했다. 선곡이 인정을 받았다 여긴 모양이었다.

"괜찮지?"

세림은 대답 대신 웃음을 지어 보였다.

부끄럽지만 여러분께 제 오만함을 하나 고백할까 합니다. 십 대 시절 저는 다른 사람과 대화하는 걸 시간 낭비라고 생각했답니다. 매일 나누는 대화들은 사소하잖아요. 차라리 그 시간에 책이나 읽으며 다른 분야에 관한 지식을 넓히는 편이 더 가치 있다고 생각했어요.

작가가 되고 나서야 그 생각이 얼마나 큰 오판이었는지 알게 되었습니다. 저는 제 경력을 육아와 함께 시작했어요. 짬짬이 나는 시간을 모두 쪼개어 집안일과 독서, 글 쓰는 일에 써야 했습니다. 온종일 이웃과 정다운 말 한마디 나누지 못하는 날이 많았어요.

이런 생활이 몇 년 지속되자 제 뇌는 균형을 잃기 시작했습니다. 과하게 예민해지고 불안해지고 우울해졌어요. 학창 시절 인적성 검사를 하면 반에서 가장 높은 정서 안정 점수를 받던 과거의 제

모습, 어디를 가든 쉽게 무리에 섞여 들었던 원만한 성격은 사실 주변 사람들의 관심으로 만들어졌던 거예요. 그 뒤로 저는 다시 적극적으로 사람들과 말을 하기 시작했습니다. 곧 모든 것이 제자리로 돌아왔어요.

웃음도 일종의 대화가 아닐까요? 혼자서 낄낄거리는 일도 있겠지요. 그러나 대체로 웃음은 나를 바라봐 주는 다른 이가 있을 때 꽃처럼 피어납니다. 무슨 일로 어떤 감정을 느꼈든지, 그 감정이 얼마나 어처구니없는 것이든지 간에 곁에 있는 누군가가 공감해 준다면 우리는 살아갈 힘을 얻을 수 있습니다.

가끔은 혼자가 편하겠지만 함께하는 일이 중요하다는 사실도 잊지 말아 주세요.

최상희

여름의 고양이

+ 작가 노트

최상희

『그냥, 컬링』으로 제5회 비룡소 블루픽션상을, 『델 문도』로 제12회 사계절문학상을 수상했다. 『바다, 소녀 혹은 키스』로 2016년 대산 창작기금을 받았다. 청소년소설 『하니와 코코』 『옥탑방 슈퍼스타』 『명탐정의 아들』 『칸트의 집』, 여행서 『북유럽 반할지도』 『치앙마이 반할지도』 『여름, 교토』 등이 있다.

여름의 고양이

문여름이는 더위를 잘 탄다. 창으로 바람이 산들산들 불어오는 교실 안에서 유독 문여름이의 이마에만 송골송골 땀이 맺혀 있다. 목에 고양이를 두르고 있기 때문이다. 전체적으로 순한 맛 카레 색깔에다가 털이 북실북실한 고양이다. 처음에는 주먹만 했는데 몇 개월 지나자 상당히 커져서 묵직해졌다. 그 덕에 문여름이는 본의 아니게 공손한 태도를 지니게 되었다. 녹기 시작한 빙산처럼 살짝 기운 각도로 문여름이는 늘 고개를 수그리고 다녔다.

문여름이가 고양이를 만난 건 지난봄이었다. 학교 가려고 아파트 입구를 막 나서는 순간 문여름이의 정수리 가운데로 빗방울이 툭 떨어졌다. 우산을 가지러 집으로 돌아갈까 그냥 갈까 하고 망설이고 있는데 여름, 여름, 하고 부르는 소리가 났다. 작고 희미한 소리지만 분명히 들었다고 문여름이는 생각했다. 어리둥절해서 두리번거리는데 또 부르는 소리가 났다. 여름, 여름. 아파트 건물과 화단 사이에 간신히 난 틈, 그곳에서 소리가 들려왔다. 문여름이는 허리를 숙이고 고개를 들이밀었다. 어맛, 고양이. 어둑한 그곳에 고양이 한 마리가 작은 솜뭉치처럼 웅크리고 있었다. 제법 굵은 빗방울이 또옥, 하고 문여름이의 목덜미 위에 떨어졌다.

어쩌다 저 구석진 곳에 들어가게 됐을까, 위험하지 않나, 꺼내줘야 하나, 어디 보호자가 있지 않을까, 문여름이가 부지런히 생각하는 동안 솜뭉치가 작은 소리로 야옹, 하고 울었다. 그것이 꼭 여름, 하고 들렸다. 문여름이는 두 배로 망설이게 되었다. 우산과 고양이. 하지만 한 가지 사실은 명백했다. 지금 뛰어가지 않으면 지각이다. 비는 맞는 것으로 결정했다. 하지만 고양이는? 잘 보이지는 않지만 몹시 작고 아주 귀여울 것이 분명한 고양이는 어쩐담. 망설인 끝에 눈을 질끈 감고 돌아선 순간, 문여름이의 목에 고양이가 달라붙었다. 사르륵. 너무 부드럽고 가벼워서 문여름이는 눈치채지 못했다. 어째 목덜미가 뜨뜻해졌다고 느꼈을 뿐이었다.

문여름이는 긴 머리를 깡총하게 묶고 다닌다. 걸을 때마다 살랑살랑 흔들리는 머리카락 아래 드러난 목덜미를 고양이가 둥글게 휘감고 있다. 밍크나 여우 목도리도 곤란하지만 고양이 목도리는 상당히 곤란한 것 아니냐고 할 사람이 있을 법한데 아무도 그런 적 없다. 다른 사람 눈에는 보이지 않는 것 같았다. 너 또 땀 흘리고 있어, 하고 종종 친구들의 지적을 받기는 했다. 아침저녁으로 선선한 봄에는 적당한 온기라든가, 보송한 털의 감촉이 상당히 좋았으나 여름이 오는 기척이 느껴지자 조금 곤란해졌다. 고양이의 체온은 사람보다 2도 정도 높다고 했다. 38도 이상으로 발열하는 털목도리를 노상 목에 두르고 있는 셈이었다. 문여름이는 아이스크림을 부쩍 많이 먹게 되었다. 원래 아이스크림을 좋아하기도 했다.

고양이는 대부분 자거나 졸았다. 문여름이의 목을 둥글게 감은 채로 갸릉갸릉 혹은 고로고로 하는 작은 소리를 내며 이따금 뜨듯한 숨을 내뿜었다. 그때마다 문여름이는 간지러워 죽을 것 같아서 온몸을 비비 꼬았다. 더는 참지 못하고 푸핫, 웃음을 터뜨려서 선생님한테 주의를 들은 적도 두어 번 있었다. 하지만 그게 다였다. 고양이는 그저 목덜미에 찰싹 달라붙어 고요히 잠들어 있을 뿐이었다. 먹이를 주거나 모래를 갈아 주거나 놀아 주거나 목욕시켜 줄 필요도 없었다. 쥐나 새를 물어 오는 일도 물론 없었다. 신경 쓸 일이 거의 없었다. 그저 살풋 느낄 뿐이었다.

어떤 느낌인가 하면 딱 맞는 모자를 쓰는 것과 비슷했다. 햇빛과 바람을 차단하고, 얼굴을 적당히 가려 주고, 어느 틈에 쓰고 있다는 것도 잊어버리게 되는 모자 말이다. 문여름이는 목 위의 고양이가 좋았다. 물론 모자를 좋아하는 것과는 다른 방식으로 좋았다. 일종의 안도감마저 느꼈다. 모자가 주는 편리와는 다른 종류의 안도감이었지만 그것이 무엇인지 딱 집어 말할 수는 없었다. 없는 거나 마찬가지인 느낌이 좋은 건지도 모른다고 문여름이는 생각했다.

'고양이는 생후 8주 내외로 야생성을 상실하며 인간과의 관계를 형성합니다. 그러나 야생 본능은 여전히 잠재되어 있어 사료를 충분히 주는 경우에도 외출하여 산책을 즐기거나 쥐나 새를 잡기도 하는 바, 집사들은 이 점에 충분히 주의를 기울여 자주 함께 놀아 줌으로써 야생 본능을 해소시켜 반려묘와 행복한 동거 생활을 누리시길 바랍니다…….'

문여름이는 귀엽다고 하는 것 외에 고양이에 대해 아는 게 거의 없었다. 키워 본 적도, 키워 보고 싶은 적도 없었기 때문이다. 목덜미에 달라붙은 고양이는 어디까지나 달라붙어 있을 뿐, 키운다는 것과는 상당히 거리가 있었다. 가끔 먼지나 툭툭 털고 걸어 두는 모자나 목도리, 그런 거라고 여기고 있었던 것이다. 그런데 알아볼 필요가 있다는 생각이 들었다. 모자나 목도리와는 분명 다른 존재이므로. 일단 고양이기도 하고. 우선 인터넷에 고양이라는 단어를 검색했다. 너무 방대한 내용이 줄줄이 이어진 탓에 고양이 키우는 법이라고 좀 더 범위를 좁혀 보았다. 검색한 내용을 쭉 읽다가 야생성,이라는 단어에 마음이 덜컥했다. 아니, 찌르르했다고 해야 하나. 야생성인가. 그것이 야생성이었나. 문여름이는 그날 체육 시간의 일을 다시 떠올려 보았다.

문여름이는 체육 시간을 싫어했다. 편을 갈라 싸우거나 기록을 재는 것이 싫었는데 체육 시간에 하는 것은 대부분 그 두 가지였다. 더군다나 몸이 재지도 근력이 세지도 않고 승부 근성도 희박한 문여름이는 목에 고양이까지 두르고 있으니 체육 시간이 점점 버거워졌다. 체중이 는 탓인지도 몰라. 검색해 본 바에 의하면 생후 6개월 정도 된 고양이는 평균 2킬로그램 내외로 무게가 나가지만 종류와 체형에 따라 천차만별이라고 한다. 6개월이 채 안 됐는데 5킬로그램이나 나간다는 고양이도 있었다. 문여름이는 조금 헷갈렸다. 늘어난 체중이 고양이 때문인지, 아니면 아이스크림을 부쩍 먹었기 때문인지 아리송했던 것이다. 교복 치마의 허리 부분이 꽉 끼는 것 같기는 했다.

체육 시간에는 줄곧 풋살이라는 것을 했다. 축구와 비슷하지만 조금 다른 운동이다. 원래는 다섯 명이 한 팀을 이루고 배구장만 한 공간에서 하는 운동이라고 배웠다. 그것을 체육 선생님은 나름의 규칙으로 변형시켰다. 남녀 학생을 고루 섞어 일곱 명으로 한 팀을 만들었다. 게임을 하기 위해서는 열네 명이 필요했다. 문여름이네 반은 모두 스물여덟 명이었다. 그러므로 열네 명이 뛰고 나머지 열네 명은 응원을 하는 식이었다. 여기에 또 한 가지 규칙을 추가했다. 공은 여학생만 넣을 수 있다는 것이었다. 체육 선생님은 이 규칙이 모두가 적극적으로 시합에 참여할 수 있는 공정한 방법이라고 했다.

조금 묘하다고 문여름이는 생각했다. '적극적'과 '공정한'이라는 부분이었다. 모두가 적극적으로 경기에 참여하기 위해 왜 오직 여학생만 공을 넣을 수 있다는 규칙이 필요한 걸까. 그것은 여학생은 소극적이라고 하는 것 같았다. 문여름이의 경우, 실제로 체육 시간에 다소 소극적인 편이었지만 그것이 마치 공정하지 못하다고 지적받은 것 같아 다소 언짢았다. 적극적이라는 단어가 왜 공정함과 연결되는 것일까, 문여름이는 목에 고양이를 두른 채 뛰면서 생각해 봤지만 뛰면서 생각해서인지 갈팡질팡하기만 했다. 목덜미가 묵직하기도 했다. 이마에 땀이 송골송골 맺혔다.

문여름이는 나름 적극적으로 경기에 참여했다. 적극적이라기보다는 공정해지기 위해서였다. 하지만 결코 적극적인 결과는 낼 수 없었다. 번번이 헛발질을 해 상대편에게 공을 빼앗기기 일쑤였다. 경기장에 둘러앉아 지켜보던 반 아이들에게서 탄식과 야유가 터져 나왔는데 시간이 흐를수록 야유의 빈도가 압도적으로 높아졌다. 야유는 여학생들에게 골고루 돌아갔다. 득점 기회를 놓치는 것은 모두 여학생들이었기 때문이다. 같은 편 남학생들마저 여학생들을 비난하기 시작했다. 모든 잘못은 빈번히 득점에 실패하는 여학생들 몫이었다. 상대편도 마찬가지 상황이었다. 남학생들이 같은 편 여학생들을 죽도록 미워하는 것으로 경기는 끝났다. 그 와중에 문여름이네 팀이 한 점 떨어졌다.

문여름이네 경기가 끝나자 관람하던 아이들이 시합을 시작했다. 체육 선생님은 경기를 끝낸 여학생들을 따로 불러 운동장 가장자리에 줄을 세웠다. 선생님이 슈팅 시범을 보였다. 선생님이 찬 공은 박진감 넘치게 하늘을 가르고 운동장 저편에 떨어졌다. 선생님이 줄 맨 앞에 서 있는 애에게 공을 주워 오라고 했다. 운동장 끝까지 뛰어갔다 돌아온 애가 얼굴이 빨갛게 달아올라 거친 숨을 내쉬었다. 학교 운동장이 굉장히 넓구나, 문여름이는 문득 깨달았다.

한 명씩 슈팅 연습이 시작되었다. 공을 두고 몇 걸음 뒤로 물러났다가 힘껏 뛰어 그 속력을 이용해 자연스럽게 공을 찬다. 간단했지만 실제로 해 보면 간단하지 않았다. 첫 번째 아이가 찬 공이 바닥에 먼지를 피우며 뽈뽈 구르다 얼마 못 가 멈췄다. 발끝이 아니라 발등으로, 공의 중앙을 차는 것이 요령이다. 선생님이 지시한 대로 다음 아이가 공을 찼지만 공은 높이 떠오르는가 싶다가 힘없이 툭 떨어져 버렸다. 체육 선생님이 혀를 끌끌 찼다.

그때, 꿈틀했다. 작은 움직임이었지만 문여름이는 분명 목덜미에서 기척을 느꼈다. 막 공을 차고 난 아이의 발목을 선생님이 움켜잡았을 때였다. 발목, 발목. 발목을 펴라고. 이거 왜 이리 뻣뻣해. 여자가 좀 부드러워야지. 다리에 힘 빼라. 힘 빼라니까. 너는 알통이 있구나. 그러면서 결박하듯 발목을 쥐고 다른 손으로는 종아리를 쓰다듬었다. 종아리가 하얗게 질리고 소름이 오소소 돋는 것이 문여름이에게 똑똑히 보였다. 종아리를 잡힌 애는 운동장을 뛰어갔다 온 것도 아닌데 얼굴이 빨개져 있었다. 지켜보는 문여름이의 얼굴도 달아올랐다. 덥기도 했을뿐더러 그다음이 문여름이의 차례였기 때문이다.

발등, 공의 중앙, 발목, 힘. 문여름이는 속으로 중얼거리며 공에서 뒤로 몇 걸음 물러나 다리의 힘을 빼고 발목을 펴고 발등으로 공의 중앙을 노렸다. 찼다. 비스듬히 지면을 쓸고 나간 공이 코앞에서 몇 번 맴을 돌다 힘없이 멈추는 걸 본 문여름이는 맥이 빠졌지만 이상하게 몸에는 잔뜩 힘이 들어갔다. 발목에 힘을 빼라고……. 문여름이는 소스라치며 화들짝 뒷걸음쳤다. 그 바람에 체육 선생은 허망하게 허공만 움켜쥐고 말았다. 동작이 굼뜬 문여름이로서는 상당히 잽싼 동작이라 스스로도 놀라고 말았다. 선생님도 퍽 당황했겠다 싶었는데 의외로 웃고 있었다. 씨익 웃으면서 문여름이 앞에 우뚝 서서 문여름이를 내려다보며 말했다. 너는 참…… 예민하구나.

엄마가 방 좀 치우라고 잔소리할 때 짜증을 종종 내고 영문도 모른 채 갑자기 데면데면하게 구는 친구 때문에 되게 속상한 적이 있었고 버려진 강아지가 길에서 움직이지 않고 하염없이 주인을 기다리는 것을 티브이에서 보고 눈물을 조금 흘렸고 친구들과 한참 떠들고 놀다 집에 돌아가는 길에 문득 이유도 없이 허전한 적이 있었지만, 평생 과민성 대장 증후군이라든가 소화 불량 같은 것도 모르고 살아온 문여름이는 자신이 예민하다고 생각해 본 적이 없고 둔하지도 않으며 어느 편인가 하면 평범한 쪽이라고 생각했다. 그런데 예민하다고?

지적받은 바와 달리 문여름이는 그 어느 때보다 둔해져 있다고 느꼈다. 아니, 둔하다기보다는 그래, 무기력했다. 온몸에 힘이 쭉 빠져 꼼짝도 할 수 없었다. 머릿속이 하얬다. 오직 문여름이를 푹 찌른 손가락의 압력만을 예민하게 깨닫고 있을 뿐이었다. 손가락은 문여름이의 왼쪽 가슴 중앙에서 손가락 한마디쯤 올라간 부분을 정확히 찔렀다. 찔렀다기보다는 지그시 눌렀다. 불쾌와 공포를 문여름이가 똑똑히 느끼라고 하듯이. 그 순간 요란한 고함 소리가 터졌다.

쿡, 문여름이는 웃었다. 어이없게 웃음이 비어져 나왔다. 피휴후, 하고 고양이가 숨을 내쉬었기 때문이다. 몸을 배배 꼬다 참지 못하고 푸핫, 웃음을 터뜨리며 문여름이는 지금 웃을 상황이 아닌데 생각했지만 한번 터진 웃음은 멈추지 않았다. 갑자기 왜 선생님 왼쪽 뺨에 빗금이 그어져 있나 문여름이는 웃으며 궁금해했다. 저런 빗금은 만화에서 본 적이 있다. 부끄럽거나 난처한 표정을 표현할 때 빗금만큼 효과적인 게 없다. 지금 선생님은 부끄러운 걸까, 난처한 걸까. 선명한 붉은색 빗금은 어찌 보면 마치 날카로운 발톱으로 할퀸 상처처럼 보이기도 했다. 응? 날카로운 발톱?

고함을 지르며 선생은 문여름이의 목덜미를 덥석 잡고 흔들었다. 그러니까 하필 고요히 몸을 말고 있는 고양이를 건드린 것이다. 비명이 운동장 구석구석 울려 퍼졌다. 선생의 멀쩡하던 나머지 뺨에도 빗금이 생겨났다. 빗금을 따라 삽시간에 피가 솟아나 후드득 핏방울이 떨어졌다.

그 순간 고양이가 우아하게 기지개를 켜는 것이 목덜미에서 느껴졌다. 깨어났구나, 문여름이는 생각했다. 야생성, 그것이 잠을 깬 모양이었다.

학생이 교사를 폭행했다. 소문이 삽시간에 전교에 퍼졌다. 소문의 주인공이 되고 보니 문여름이는 그저 얼떨떨하기만 했다. 문여름이의 공손한 목덜미라든가 굼뜬 동작을 기억하는 몇몇 학생들은 걔가 미치지 않고서야 그럴 리 없다고 의혹을 제기했지만 그 광경을 똑똑히 목격한 증인이 스물여덟 명이나 됐으니 부정할 수 없는 사실이었다. 선생을 폭행하고도 웃었다니 미친 게 틀림없다고 쑤군댔는데, 그렇게 말하는 학생들의 어투와 표정이 어째 상당히 밝고 경쾌했다.

괴로운 것은 아무래도 '문여름이'였다. 학교에서 당장 부모님을 모시고 오라느니, 퇴학시키겠다느니 해서 문여름이는 몹시 곤혹스러웠다. 제가 그런 게 아닌데요. 문여름이는 그렇게 말하고 싶었지만 씨도 안 먹힐 소리였다. 제가 아니라 실은 제 목을 두르고 있는 고양이 짓입니다. 말도 안 되는 얘기다. 그러면 체육 선생이 한

짓은 애당초 말이 되냐고, 그게. 문여름이는 그 순간을 떠올릴 때마다 머리가 하얗게 되고 온몸이 굳어 버렸다. 오직 여름, 여름, 하는 소리만 귀에 웅웅 울렸다. 그럴 때마다 목덜미를 둥글게 그러안는 온화한 감촉이 느껴졌다. 고양이가 푹 잘 수 있도록 문여름이는 어깨와 등을 쭉 폈다.

선생님께 대들거나 폭행을 할 생각은 전혀 없었습니다. 선생님이 제 가슴을 손으로 꾸욱 눌렀기에 너무 놀라고 당황해서 그런 짓을 저지른 것 같습니다. 선생님 얼굴에 상처를 낸 것은 죄송하지만 먼저 가슴을 눌렀기 때문에 발생한 일입니다. 다시는 이와 같은 일이 일어나지 않도록 하겠지만 선생님이 가슴을 누른다든가 다리를 만지면 또 같은 일이 일어나지 않으리라고 말씀드릴 수는 없을 것 같습니다. 그것은 저로서도 어쩔 수 없는 일이기 때문입니다…….

체육 선생은 문여름이가 몇 시간 동안 열심히 쓴 반성문을 읽자마자 갈가리 찢어 버렸다. 반성문을 쓴 게 처음이라 잘못 썼나 보다 했지만 어떤 부분이 잘못된 것인지 문여름이는 알 수 없었다. 다행히 부모님 소환도, 정학 처분도 없었다. 그 대신 벌점 10점에 교내 봉사 열 시간을 받았다. 체육 수행 평가는 망했구나, 하고 문여름이는 생각했다.

망했다고 생각해서인지 문여름이는 체육 시간이 더욱 싫어졌다. 체육복으로 갈아입고 운동장으로 나오긴 했지만 아이들이 모여 있는 곳으로 도저히 갈 수 없었다. 마음만 그런 게 아니라 실제로 꼼짝할 수가 없었다. 움직이지 않겠다고 하는 의지라고 할까, 신념 같은 것이 목덜미와 어깨에서 확고하게 느껴졌다. 그래서 문여름이는 라인이 그려진 경기장 안으로 들어가는 대신 운동장을 바라보고 서 있는 커다란 나무 아래에 앉았다.

나무는 잎이 무성하고 그늘이 짙어 그 속에 앉으니 시원하고 좋았다. 이따금 바람이 불면 머리 위에서 사락사락 하는 소리가 들렸다. 그늘과 바람 속에서 체육 선생의 시선이 느껴졌다. 멀찍이 떨어져 있기도 하거니와 모자챙에 그늘이 드리운 선생의 얼굴은 잘 보이지 않았지만 표정이 어떤지 문여름이는 똑똑히 알 수 있었다. 그 표정을 체육 시간마다, 아니 체육 시간이 아닌 시간에도, 학교 다니는 내내, 학교를 졸업하고도, 아마도 사는 내내 봐야 할 것이라고 생각하자 조금 눈물이 날 것 같았다. 마침 나뭇잎 사이로 비쳐든 햇살에 눈이 부셔 눈을 감고 있는데 옆에 누군가 와서 앉는 기척이 났다. 눈을 쓱 비비고 고개를 돌려 보자 연두였다. 다리가 뻣뻣하고 종아리에 알통이 있는 연두.

어.

뭐.

너 왜 왔냐?

왜, 안 되냐?

안 되는 건 아니지.

그러고 문여름이와 연두는 잠자코 운동장을 바라보았다. 흙먼지가 날리고 공이 하늘 위로 간간이 떠올랐다. 문여름이는 연두에게 말을 걸고 싶지만 무슨 말을 해야 할지 잘 몰라 망설였다. 아무 말도 안 해도 별 상관없지만 이야기를 나누는 것도 좋을 것 같았다. 심심하기도 하고.

야, 심심한데 우리 모래성 허물기나 할까.

애냐.

그럼 뭐 할까.

모래나 모아.

문여름이와 연두는 모래를 모아 성을 쌓고 마른 나뭇가지를 하나 주워 성 꼭대기에 꽂고 번갈아 조금씩 허물었다. 문여름이는 입을 뾰족 내밀고 연두는 코를 씰룩거리며 집중해서 신중하게 모래를 각자 앞으로 그러모았다. 오랜만에 하니 엄청 재미있다고 생각했다. 아무것도 아닌데 아무것도 아닌 마음으로 둘이서 하고 있으니 왠지 모르지만 굉장히 즐거운 기분이 들었다. 마음속 한구석에 살랑살랑 바람이 불어 들었다.

연두야.

응.

너도 혹시 목이랑 어깨가 묵직하지 않냐?

피곤하냐고?

아니, 이따금 되게 혼자인 기분이 들 때마다 목덜미가 보드랍고 따뜻해지는 것 같지 않냐?

뭔 소리야.

뭔 소리냐면, 그게.

야야, 무너진다.

나무 그늘 아래서 모래를 그러모으며 문여름이는 연두의 목에도 틀림없이 따뜻하고 북실북실한 것이 있으리라고 생각했다. 너무 작고 연약해서 지금은 거의 느낄 수 없지만 언젠가는 든든해질 거라고 문여름이는 짐작했다. 묘오, 하고 여름의 고양이가 웃었다.

사람들은 내가 고양이와 사는 줄 안다.

어느 날 불쑥 찾아온 고양이를 잠시 돌본 적은 있다. 고양이는 처음이라서 어떻게 해야 할지 모르는 채로 우선 사료와 간식을 준비하고, 찾아오면 최선을 다해 잘해 주려 노력했다.

어떻게 할지 모르면서 최선을 다해 잘해 보려 애쓰는 것, 그게 내가 소설을 쓰는 방식인 것 같다.

그런 것들을 쓰고 있다. '메오메오'라든가 '미요미요' 하는 소리에 귀 기울이며, 고작 작고 말랑말랑한 고양이의 핑크빛 젤리 같은 것을.

배명훈

정글이 빙글빙글

+ 작가 노트

배명훈

2005년 「스마트 D」로 과학기술창작문예 단편 부문에 당선되면서 작품 활동을 시작했다. 소설집 『안녕, 인공존재!』 『총통각하』 『예술과 중력가속도』, 연작소설 『타워』, 장편소설 『신의 궤도』 『은닉』 『맛집 폭격』 『첫숨』 『고고심령학자』 등이 있다.

정글이 빙글빙글

사자와 호랑이가 싸우면 누가 이길까? 은경은 이것이 꽤 중요한 문제라고 했다. 그리고 자기는 사자가 더 세다고 믿었다. 최소한 사자의 조상은 호랑이의 조상보다 강했을 거라고.

근거는 없었다. 단지 고래와 상어의 관계에서 유추했을 뿐이다. 옛날옛날 평화로운 고래들의 바다에 메갈로돈이라는 거대 상어가 나타났다. 크고 난폭하고 집요한 물고기. 고래들은 그 끔찍한 괴수를 피해 추운 바다로 떠났다. 포유류인 고래는 남극 근처 바다에서도 체온을 유지할 수 있지만 어류인 상어는 그럴 수가 없으니까.

그것만으로 승패를 딱 잘라 말할 수는 없었지만, 은경은 상어가 이긴 거라고 생각했다.

"결과적으로 따뜻한 바다를 차지했잖아."

호랑이와 사자도 마찬가지였다. 더 따뜻하고 탁 트인 동네를 차지한 쪽은 사자였다. 은경이 카메라에 담은 사자들이 딱 그랬다.

덥고 건조하고 비옥한 초원에 게으른 사자 무리가 살고 있었다. 야생의 세계에서 게으르다는 것은 걱정거리가 하나도 없다는 뜻이었다. 적은 있는데 생각이 없거나, 정말로 강해서 적이 아예 없거나.

사자들은 강해서 행복한 쪽이었다. 배고프면 사냥하고 나머지 시간에는 잠만 잤다. 잠자는 모습도 다 제각각이서 열일곱 마리 중 둘은 사람처럼 반듯하게 드러누워 자는 버릇이 있었다. 나머지 열다섯 마리는 마치 고장 난 장난감처럼 아무렇게나 누워서 잠을 잤다. 카메라 망원 렌즈 너머로 그 모습을 바라보고 있으면 관절이나 척추가 도대체 어떻게 생긴 걸까 궁금할 지경이었다.

은경은 냄새를 감추고 멀리서 그 광경을 지켜보았다. 냄새를 감추는 일이 정확히 어떤 일인지는 끝내 대답해 주지 않았다. 굉장히 먼 거리였지만 안심해도 좋을 만큼 먼 곳은 아니었다. 그 한가로운 낮잠을 지켜보다 깜빡 졸기라도 하면, 그 순간 등 뒤에서 바람이 불어와 인간 다큐멘터리 감독의 냄새를 사자들에게 날려 보내기라도 한다면, 돌이킬 수 없는 일이 벌어질 게 분명했다. 은경은 그러고 싶지 않았다. 반드시 살아남아서 지난 삼 개월간 찍은 영상을 방송에 내보내고 싶었다.

제목도 벌써 정해 두었다. 〈왕가의 잠버릇〉. 정말이지 저렇게 이상하게 잠자는 사자 무리는 처음이었다. 인터넷 어디에도 그런 영상은 없었다. 다큐멘터리가 완성되면 인기를 끌 게 분명했다. 이런 저런 상도 받게 되겠지.

하지만 잠자는 장면만으로는 괜찮은 스토리를 만들어 낼 수가 없었다. 영상을 이어 붙여 이야기를 만들고 성우를 섭외해서 내레이션을 달려면 깨어 있는 사자들을 더 많이 카메라에 담아야 했다. 문제는 사자가 깨어 있는 시간이 너무 짧다는 것이었다. 촬영이 자꾸만 길어지는 이유였다.

은경이 주인공으로 삼은 것은 므웨라는 이름의 어린 사자였다. 세 살 아니면 네 살, 이제 곧 첫 사냥을 나설 나이였다. 사자들이 붙여 준 이름은 아니고 은경이 마음대로 붙여 준 이름이었는데, 사자말로 된 이름을 굳이 쓰자면 크헝이나 그르엉이 될 게 분명했다.

아이라고는 하지만 사실 므웨는 덩치가 웬만한 어른 사자만큼이나 컸다. 현실 세계의 사자가 아니라 만화에 나오는 사자처럼 늘 두 다리를 쭉 뻗고 반듯하게 드러누워서 자는 아이였는데, 은경의 말로는 그러다 어느 날 갑자기 사람 말을 툭 내뱉었대도 아주 많이 놀라지는 않을 거라고 했다.

므웨는 말하자면 종족의 미래였다. 맨 먼저 먹이에 달려들어서 제일 늦게까지 입을 떼지 않아도 되는 아이였다. 우두머리가 될 게 분명했으므로 누구도 식사 예절을 가지고 므웨에게 시비를 걸지 않았다. 그러다 보니 자연히 덩치가 컸다. 아직 사냥을 나가지 않는 아이들 중에서는 단연 눈에 띄는 골격을 지니고 있었다.

은경은 새끼 사자들이 노는 모습을 자주 카메라에 담았다. 고양이처럼 귀여운 아이들이었다. 하지만 새끼 사자들이 장난치는 모습을 보고 있으면 험악한 대사들이 절로 떠올랐다. 귀엽지만 살벌한 놀이였다. 그 사이에 인간이 끼어 있으면 금세 만신창이가 될 게 분명했다. 은경은 나중에 내레이션을 넣을 때 삐 소리를 많이 사용해야겠다고 마음먹었다.

그중에서도 특히 무서운 것은 므웨가 노는 광경이었다. 인간의 눈에는 격투기로밖에 안 보이는 놀이여서, 또래 사자들도 슬슬 므웨를 피하기 시작했다. 밤에 자다가 화들짝 놀라 깨는 아이도 있었다. 그래 봐야 스무 시간 자던 잠이 열여덟 시간으로 줄어든 정도였지만 므웨의 사촌들은 어딘지 눈이 퀭해 보였다.

므웨에게도 놀이로 생존 기술을 배울 때가 훌쩍 지나고 어엿한 사자 무리의 일원으로서 직접 사냥에 나서야 할 시기가 찾아온 셈이었다. 그것도 벌써 일 년이나 이 년 전쯤에. 므웨가 조금 일찍 프로로 데뷔를 했더라면 다른 아이들도 한결 사자답게 컸을 것이다. 잠을 설치지도 않고, 어쩌면 덩치가 더 커졌을지도 모른다. 은경은 왕가의 교육 방침을 이해할 수가 없었다. 그래도 개입은 하지 않았다.

"개입은 무슨. 내 몸 건사하기도 바쁜데."

은경은 종일 사자 무리를 찍고 있지는 않았다. 위험에 노출되면 언제라도 차로 돌아가 사자들의 영역에서 완전히 벗어나야 했다. 그렇게 한 번 촬영이 끊어지면 다시 무리를 찾아내 적당한 장소에 몸을 숨기고 카메라를 꺼내 들 때까지 며칠씩이나 걸리는 때도 있었다. 하지만 그 무렵의 은경은 사자 무리에서 떨어지는 시간을 최소한으로 줄였다. 므웨의 첫 사냥을 놓치지 않기 위해서였다.

무리의 사냥감은 주로 얼룩말이었다. 바람이 얼룩말들에게 사자 냄새를 실어 나르지 않는 시간. 자세를 낮추고 조심조심 포위망을 좁혀 들던 사자들이 팝업 북처럼 갑자기 모습을 드러내는 순간. 바로 그때 초원에서는 목숨을 건 거대한 달리기 경주가 시작된다. 그리고 혼자 활동하는 다큐멘터리 감독은 그 장면을 놓치지 않도록 그동안 갈고닦은 모든 기술을 쏟아부어야 한다.

"뭐, 그냥 드론을 날리면 돼. 요즘 건 카메라도 안 흔들리고 사람보다 잘 찍어. 소리도 거의 안 나고. 촬영에 쓰는 기종은 빛 반사가 안 되게 표면 처리도 잘 돼 있어."

똑똑한 카메라가 달린 은경의 드론은 므웨의 첫 사냥을 방해하지 않도록 먼 거리에서 사자 무리를 따라다녔다. 낮은 자세로 느릿느릿 포위망을 좁혀 들어가는 사자들. 불안한 듯 두리번거리다가도 갑자기 느긋해지는 얼룩말들의 움직임. 아무것도 모른다는 듯 나무 위에서 그 모습을 구경하는 독수리 몇 마리. 마치 바로 근처에 다른 촬영이 있기라도 한 듯 딴전을 부리고 있는 검은색 드론.

독수리들이 드론 쪽으로 날아가는 바람에 얼룩말들의 시선이 그쪽으로 쏠렸다. 그 틈을 타 사자들이 조금씩 더 전진했다. 벌써 세 시간째 깨어 있었으니 평소 같으면 사자들도 슬슬 집중력이 떨어질 시간이었다. 하지만 졸고 있는 사자는 한 마리도 없었다. 조명 아래 선 무형 문화재 전수자처럼 한 걸음 한 걸음이 다 살얼음판이었다. 따지고 보면 실제로 그들 하나하나가 전수자이기도 했다. 수백만 년째 이어진 사냥 비법의 전수자.

초원에 내려앉은 긴장감의 본질은 이런 것이었다. 사냥하는 쪽에서는 벌써 한참 전에 막이 오른 반면, 사냥감 쪽에서는 아무도 공연 시작 시간을 통보받지 못했다는 사실. 얼룩말들은 초원의 비옥함에 정신이 팔려 있었다. 초원이 제공하는 양식은 한참을 뜯어 먹어야 겨우 배가 차는 것들이었다. 바꿔 말하면 하루 종일 뜯어먹어도 좀처럼 배가 부르지 않는 천상의 음식이라는 말도 됐다.

언제나 조금은 초조한 관객들이었지만 얼룩말들로 가득한 초원의 객석에는 가끔씩 쉬는 시간이 찾아올 수밖에 없었다. 리허설 시간이 아니라 식사 시간이었으니까. 그리고 그들이 모르는 수풀 뒤 무대에서는 이미 사냥 준비가 다 끝나 있었다.

은경은 드론을 허공에 고정시켜 놓은 채 망원경으로 우두머리 사자의 움직임을 지켜보았다. 다른 사자들도 마찬가지였다. 직접 우두머리 쪽을 주시하고 있지는 않더라도 포위망 한쪽이 들썩거리면 지체 없이 돌격을 개시할 게 분명했다.

기다림은 오래 지속되지 않았다. 바람의 방향이 바뀌기라도 하면 모든 게 수포로 돌아가기 때문이라고 했다. 마침내 우두머리 사자가 바람보다 빠르게 땅을 박차고 달려 나가자, 다른 사자들도 일제히 모습을 드러냈다.

얼룩말들이 제자리에 우뚝 멈춰 섰다. 다음 순간 당황한 몇 마리가 재빨리 앞으로 튀어 나갔다. 젊은 관객 한 무리가 그 뒤를 따랐다. 하지만 방향이 잘못되어 있었다. 하필 사자들이 달려드는 그 방향이었던 것이다.

은경은 잽싸게 망원경을 내려놓고 드론을 무대 중앙 상공으로 날려 보냈다. 사자들이 달려드는 쪽에서 먼저 먼지가 일었다. 곧이어 얼룩말 무리 쪽에서 더 큰 먼지가 피어올랐다.

사자들의 포위망은 얼룩말들을 완전히 둘러싸고 있지 않았다. 단지 기역 자 모양의 느슨한 포위망일 뿐이었다. 기역 자의 한쪽 획 부분에서 우두머리가 맨 먼저 튀어나오자 그 반대쪽으로 허둥지둥 달려가던 얼룩말 무리는, 왼쪽에서 달려드는 예닐곱 마리의 사자 무리를 발견하고 황급히 오른쪽 대각선 방향으로 머리를 돌렸다.

모두가 일직선으로 달려가는 경주라면 사자가 얼룩말을 이긴다는 보장은 어디에도 없다. 하지만 대각선 방향으로 달려가는 사냥감을 직선으로 달려들어 따라잡는 경주라면 이야기가 달랐다. 사냥꾼에게 훨씬 유리한 경주라는 뜻이다.

은경의 카메라가 므웨를 비췄다. 흔들림을 완벽하게 보정해 준다는, 드론에 달린 카메라는 이미 오래전부터 므웨에게 고정되어 있었다. 이제 겨우 첫 사냥이었지만 므웨는 다른 어른 사자들 사이에서도 도드라져 보일 만큼 덩치가 컸다. 덩치가 크면 느릴 거라는 상상을 하기가 쉬웠지만, 므웨의 경우는 그 반대였다. 거대한 몸집에서 뿜어져 나오는 맹렬한 에너지. 그런 말로밖에 요약이 되지 않을 만큼 질주하는 므웨는 경이로운 생명체였다.

그 기세 그대로 므웨는 곧 사냥꾼 대열의 맨 앞으로 나서게 되었다. 눈앞에는 출발선에서부터 방향을 잘못 잡는 바람에 두 무리로 갈라져 버린 얼룩말들이 있었다. 목표는 뒤처진 한 마리가 될 것이다. 새끼인 경우가 제일 많고 늙거나 부상당한 얼룩말인 경우도 있었다. 그날 사냥에서 사자 무리는 적어도 두 마리의 사냥감을 노릴 것이다. 사냥이 아무리 잘 풀려도 세 마리보다 많이 잡지는 않을 것이다.

그렇게 순식간에 거리가 좁혀졌다. 므웨는 이제 얼룩말 무리 하나를 막연히 뒤쫓는 게 아니라, 단 한 마리의 얼룩말에 시선을 고정한 채 무서운 기세로 달려들고 있었다. 표적이 된 얼룩말이 방향을 바꿀 때마다 므웨 또한 재빨리 방향을 틀었다. 므웨의 머리 위를 비추던 은경의 카메라도 하늘 위에서 유유히 므웨의 움직임을 따라갔다.

검은 바탕에 하얀 줄무늬. 얼룩말의 동작에 맞춰 세차게 흔들리는 줄무늬 엉덩이. 므웨의 시선이 그곳에 고정되어 있었다. 거리가 좁혀지고 얼룩말의 줄무늬 엉덩이가 한층 격하게 춤을 추었다.

가까이서 달리던 얼룩말 무리의 움직임에서 한순간 뜻밖의 여유가 느껴졌다. 자신이 표적이 아니라는 것을 알아차린 익명의 얼룩말들이 표적이 된 얼룩말과 그 뒤를 쫓는 사자들을 멀찌감치 따돌렸다.

므웨는 이제 크게 뛰어오르면 앞발로 낚아챌 수 있을 만큼 사냥감에 가까워져 있었다. 다른 것은 아무것도 보이지 않았다. 오로지 얼룩말, 오로지 줄무늬 엉덩이뿐이었다. 바로 한 발 뒤까지 따라붙은 난폭한 살기를 감지한 얼룩말은 절박한 심정으로 이리저리 방향을 틀었다. 사냥꾼이 발을 헛디디기를 바라는 것이었다. 죽을 만큼 힘들었지만 힘들다는 이유로 멈춰 설 수도 없었다. 얼룩말의 몸은 바로 그런 순간에 단 몇 분을 더 달리기 위해 진화한 것이나 다름없었다.

은경은 줌 기능을 이용해 그 장면을 최대한 가까이에서 포착했다. 이제 정말로 덮치기만 하면 되는 타이밍. 쫓기던 얼룩말이 마지막으로 크게 방향을 틀었다. 글자 그대로 생애 최후가 될지도 모를 치열한 몸부림이었다. 절체절명의 순간.

그런데 그때였다. 생각지도 못한 일이 일어나고 만 것이었다.

므웨의 뒤를 따르던 사자들은 므웨가 쫓던 사냥감을 따라 재빨리 방향을 틀었다. 그러면서 혼자 어디론가 달려가는 므웨의 뒷모습을 멍하게 바라보았다. 멍하게 바라보았다는 것은 물론 은경의 해석이었다. 실제로 깜짝 놀라 자리에서 벌떡 일어난 것은 다름 아닌 은경 자신이었다. 딱 한 발 앞에서, 사냥감의 마지막 움직임을 따라잡지 못하고 놓쳐 버린 덩치 큰 사냥꾼.

사자들도 한순간 멍해졌는지, 결국 뒤쫓던 얼룩말을 놓쳐버리고 말았다. 므웨를 따르던 어른 사자들은 숨을 헐떡이며 제자리에 멈춰 섰다. 그리고 홀로 엉뚱한 방향으로 전력 질주하는 므웨의 뒷모습을 물끄러미 바라보았다.

은경의 드론이 므웨를 앞질러 날아가 므웨의 얼굴을 앞에서 찍었다. 뭔가가 잘못돼 있었다. 유년기를 지나 첫 사냥에 나선 이 사자 무리의 젊은 기대주는, 눈의 초점이 완전히 풀린 채 텅 빈 초원을 있는 힘껏 내달리고 있었다.

"대실망이었지. 사냥 못하는 사냥꾼이라니. 내 시청자들은 좋아했지만 사자들은 별로 안 좋아했어. 그렇잖아? 어른들이 잡아 온 사냥감을 제일 많이 제일 오래 먹던 새끼 사자였으니까."

그날뿐만이 아니었다. 다음 사냥도, 또 그다음 사냥도, 다른 사자들을 제치고 맨 앞에서 달려 나가던 므웨는 딱 한 걸음 뒤에서 번번이 사냥감을 놓치고 말았다.

은경의 다큐멘터리는 버림받은 사자의 씁쓸한 인생 이야기로 분위기가 바뀌었다. 어쩌면 미스터리 영화로 바뀐 걸지도 몰랐다.

은경은 이해가 안 됐다. 도대체 왜 그랬을까? 그래서 드론으로 촬영한 사냥 장면을 몇 번이고 되돌려 보았다. 앞에서 잡은 므웨의 표정, 뒤에서 본 므웨의 시야. 촬영을 접고 며칠 동안 똑같은 화면을 돌려 보고 또 돌려 본 끝에 은경은 묘한 힌트 하나를 찾아냈다. 므웨의 눈이 풀리는 순간, 그리고 다음번 사냥의 딱 그 순간에 므웨가 보고 있었을 광경에서.

은경은 그 장면을 몇 번이나 돌려 보았다. 그래도 특별히 눈에 띄는 건 없었다. 은경이 단서를 발견한 것은 영상을 계속 반복 재생해 둔 채로 커피를 가지러 다녀오던 때였다.

'아!'

화면 한가운데가 일렁이고 있었다. 가까이에서 봤을 때도 그랬지만 멀리서 모니터 쪽을 바라봤을 때 한층 도드라져 보이는 장면이었다.

"딱 너였지 뭐야. 너도 촘촘한 줄무늬 옷 입고 있는 사람 똑바로 못 쳐다보잖아. 어지러워서. 그걸 무아레 현상이라고 불러. '무아레'란 프랑스어로 물결무늬라는 뜻이야. 즉, 가만히 있는 줄무늬가 일렁이는 물결처럼 보이는 착시 현상을 뜻해. 문득 떠올랐어. 사실

카메라에 그게 담기는 건 별로 신기한 일도 아니거든. 그래서 며칠 동안 보고 있으면서도 답을 못 찾았던 거지. 내가 찍은 화면에서만 보이는 거라고 생각했으니까. 그런데 실은 사자 눈에도 똑같은 게 보인 거지. 그러니까 이 사자, 얼룩말 무늬를 가만히 들여다볼 수가 없었던 거야. 남들보다 유독 무아레 현상에 민감해서. 딱 너처럼."

은경이 결론처럼 말했다. 므웨는 그 순간 최면에 걸려 버린 거라고.

히트한 은경의 다큐멘터리에는 므웨의 눈으로 본 초원의 모습이 CG로 표현되어 있었다. 그 속에서 얼룩말들은, 중심을 향해 휘어져 들어가는 흰색과 검은색 선으로 이루어진 동그라미로 표현되어 있었다. 빙글빙글 빙글빙글 천천히 돌아가는 줄무늬 동그라미.

그다음 장면은 이런 글자들로 가득 채워져 있었다.

얼룩말얼룩말얼룩말얼룩말얼룩말얼룩말얼룩말얼룩말얼룩말
얼룩말얼룩말얼룩말얼룩말얼룩말얼룩말얼룩말얼룩말얼룩말
얼룩말얼룩말얼룩말얼룩말얼룩말얼룩말얼룩말얼룩말얼룩말

얼룩말이라는 이름은 어쩜 저렇게 얼룩말처럼 생겼을까? 그저 이름을 글자로 쓴 것뿐인데도 멀미가 날 만큼 어지러운 광경이었다. 그래서 시청자들은 어렵지 않게 은경의 가설에 빠져들고 말았다. 바로 그 타이밍에 내레이션을 맡은 성우가 진지하고 무심한 목소리로 은경의 생각을 대신 말해 주는 것이었다.

"사자는 단지 운이 없었던 건지도 모릅니다. 다른 사냥감 뒤를 쫓았어도 므웨가 사촌들의 비웃음을 샀을까요? 그렇지 않았을 겁니다. 아마 초원의 대학살자가 되어 있었겠죠."

한국으로 돌아온 은경은 다시 자연스럽게 인간 냄새를 풍기며 다큐멘터리 감독으로서 꽤 영광스러운 순간을 몇 차례나 만끽했다. 하지만 그 왁자지껄한 뒤풀이 자리에서 순간순간 술이 깨고 화들짝 정신이 들 때면 어느 날 갑자기 방향을 잃어버린 므웨의 생애를 깊이 생각해 보곤 했다. 사자들뿐만 아니라 초원에 사는 모든 짐승들의 웃음거리가 되어 버린 므웨.

초원의 짐승들 사이에서는 이상한 소문이 퍼졌다. 엉덩이만 잘 흔들어 대면 손쉽게 사자들의 혼을 몸 밖으로 빼 놓을 수 있다는 소문. 그 소문 때문이었을까? 므웨의 무리가 초원에 나타날 때면 동물들은 일제히 엉덩이춤을 춰 댔다. 얼룩말들만 그런 게 아니었다. 사슴도 기린도 소 떼도 코끼리도. 줄무늬도 없는 온갖 짐승들이 신나게 엉덩이를 흔들어 댔다. 심지어 날아가던 새들도 므웨가 있는 쪽으로 엉덩이를 흔들었다.

물론 그것은 은경이 영상 편집으로 만들어 낸 가짜 이야기에 불과했지만, 아무튼 위대한 사자 무리의 우두머리감으로 나고 자란 므웨가 글자 그대로 온 세상 사람들의 웃음거리가 되었다는 사실만은 부인할 여지가 없었다.

"아, 우리 므웨. 내가 진짜 미안해 죽겠다. 근데 자꾸 므웨라고 말하니까 왠지 토할 것 같아. 으, 속쉬."

하지만 이야기는 그게 다가 아니었다. 미스터리를 밝혀내기 위해 은경이 자문을 구했던 동물학자가, 므웨를 마취시킨 후 귀에다 달아 놓은 신호기 덕분이었다.

은경이 말했다.

"당연히 므웨는 죽지 않았어. 얼룩말만 아니면 사실 사냥에는 문제가 없었으니까. 다만 무리를 떠나서 혼자 살아야 했을 뿐인데."

은경이 귀국하기 얼마 전, 므웨는 무리를 떠나 방황 길에 올랐다. 그리고 은경이 몇 개의 상을 받고 날마다 술에 취해 밤거리를 헤매던 무렵에는 은경이나 동물학자는 상상도 못 해 본 이상한 영역에 발을 들인 참이었다.

"정글로 들어갔어, 우리 므웨. 말하자면 메갈로돈이 남극 근처 추운 바다로 흘러들어 간 셈이라고나 할까. 대체 무슨 생각이었을까? 너도 궁금하지? 그렇지? 그래서 따라가 보려고. 정글 촬영이 더 위험하기는 하지만 이번에는 팀을 꾸릴 수 있으니까. 그리고 내

비록 큰돈은 못 벌었어도 올해 주운 명성을 내다 팔면 장비는 잔뜩 챙겨 갈 수 있을 거야."

작별이었다. 담담하고 절대적인 이별 통보.

그렇게 놀려 먹고 또 므웨를 팔아서 돈을 벌고 싶은 거냐고 묻자 은경은 묘한 미소를 지으며 그렇다고 대답했다. 물론 그게 은경의 진심일 리는 없었다. 그 대신 이런 생각을 했을 것이다. 지금 자기가 지켜봐 주지 않으면 므웨의 이야기도 거기서 끝나고 마는 거라고. 엉뚱한 세계에 잘못 던져진 아무것도 아닌 사자 한 마리의 실패담으로.

그로부터 무려 다섯 달 뒤에 은경에게서 연락이 왔다. 사진이 첨부된 이메일이었다. 두 다리를 쭉 뻗고 사람처럼 드러누워 잠들어 있는 덩치 큰 사자 사진. 멀리서 찍은 사진 같았다. 밤은 아니었지만 밀림의 짙은 그늘이 므웨의 침실에 두텁게 드리워 있었다.

은경이 설명을 덧붙였다.

"드디어 찾았어! 이제 겨우 정글에 적응한 모양이야. 사자 주제에 정글에서 속 편하게 잠들어 있는 것 좀 봐. 며칠 전까지는 사자처럼 엎드려서 잤는데, 이제 다시 므웨가 됐어. 이걸로 속편을 찍을 수 있을지도 몰라. 제목도 정했어. 〈망명 정부의 잠버릇〉! 어때?"

그리고 한 달쯤 뒤에 또다시 연락이 왔다. 그게 진짜 마지막 연락이었다.

"아이고, 얘 팔자 좀 봐. 정글로 도망 오면 끝날 줄 알았는데 무슨 놈의 팔자가 이렇게 질기담? 우리 므웨 새 친구 좀 봐. 같이 다니다가 므웨 혼자 막 쇠면 걸리고 그런다."

이번에도 사진이 첨부된 이메일이었다. 첨부된 사진 속에는 덩치 큰 사자 한 마리와 그보다 조금 작은 호랑이 한 마리가 울창한 밀림 속을 나란히 걸어가는 뒷모습이 담겨 있었다. 줄무늬가 있는 영혼의 동반자. 노란색과 검은색 선으로 이루어진 다정한 동그라미.

은경의 마지막 말이 이어졌다.

"아무래도 이거 해피 엔딩 같지? 그래서 속편 제목을 바꾸기로 했어. 세상 모든 사랑을 가득 담아, 〈정글이 빙글빙글〉이라고."

소설가도 가끔 숙제를 받습니다. 이런저런 주제로 글을 써 보라는 숙제입니다. 이번에 받은 숙제는 웃음입니다. 재미있는 주제처럼 보였는데 막상 쓰려고 보니까 아무것도 안 떠오르더라고요. 웃음이란 무엇일까요? 청소년이란 또 무엇일까요?

한참 고민하다가 편집자님께 여쭤봤더니 딱 알맞은 힌트를 주시더군요. 청소년들은 이미 해야 할 것도 많고 힘드니까 이번만큼은 너무 복잡하게 생각하지 않고 여유 있게 읽을 수 있는 책이 되었으면 좋겠다, 그런 내용이었습니다. 그래서 저도 여유를 가지고 쓰고 싶은 이야기를 써 보았습니다.

이 이야기의 주제는? 저도 잘 모릅니다. 이 이야기를 통해서 제가 하고 싶은 이야기는 무엇일까요? 역시 잘 모르겠습니다. 어느 부분에서 웃으면 되나요? 여러분 마음대로 정해 보시기 바랍니다.

작가가 그렇게 무책임해도 되나요? 열심히 썼습니다. 이것만 믿어 주시면 됩니다.

저는 이렇게 숙제를 마칩니다. 해답지는 안 만들었습니다. 읽어 주셔서 감사합니다. 다음에 또 만나요.

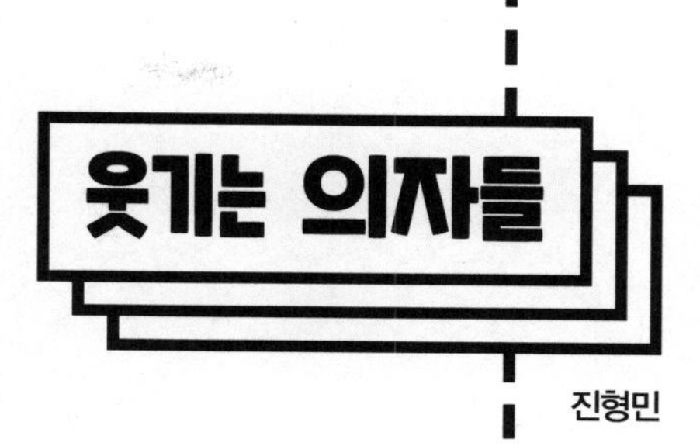

진형민

\+ 작가 노트

진형민

2012년 창비 '좋은 어린이책' 원고 공모에서 창작 부문 대상을 받으면서 작품 활동을 시작했다. 펴낸 책으로 『기호 3번 안석뽕』 『꼴뚜기』 『소리 질러, 운동장』 『우리는 돈 벌러 갑니다』 『사랑이 훅!』 등이 있다.

웃기는 의자들

나 학교 때려치웠어.

혼잣말을 해 봤다. 기분이 괜찮았다. 내가 학교를 꾸깃꾸깃 구겨 패대기친 느낌이 들었다. 하지만 기분이나 느낌은 오래가지 않는다. 연기처럼 잠깐 흐느적대다 곧 사라져 버린다. 그에 비해 현실은 고체처럼 단단하다. 저절로 사라지는 법도 없다.

나는 학교를 그만두기로 했다. 살면서 가장 큰 용기를 낸 일이었는데, 생각보다 절차가 간단했다. 자퇴 얘기를 꺼내자 담임은 나를 곧장 상담실로 보냈고, 상담 선생님과 핫초코를 두 잔 마신 뒤에 다시 담임에게 가자 별말 없이 자퇴서 용지를 내주었다. 엄마가 학교에 다녀간 뒤에는 모든 일이 더 빨리 정리됐다.

사물함 물건을 챙기러 학교에 간 날, 담임이 나를 불렀다. 책상 위에 무슨 신청서가 놓여 있었다.

"학업 중단 숙려 기간이라는 게 있는데……."

담임이 거기까지 말하고 나를 건너다봤다. 나는 숙녀 기간이 뭐냐고 물었다. 담임은 신사 숙녀 할 때 숙녀가 아니고 숙려라고, 어떤 일에 대해 깊이 생각한다는 뜻이라고 했다. 태어나 처음 듣는 말이었다. 수욱려어, 수욱려어. 입 속으로 여러 번 발음해 보았다. 혀가 물고기 꼬리처럼 바삐 움직였다. '어려운 말 대잔치' 할 때나 써먹을까, 평생 내 입으로 내뱉을 일은 없을 것 같았다.

숙려 기간은 이 주라고 했다. 괜히 나중에 "자퇴서 물러 주세요! 제발요, 제발요!" 하지 말고 좋게 말할 때 한 번 더 고민하라는 얘기였다. 뜬금없는 친절이었다. 나는 이미 충분히 생각했고, 그래서 절대 후회할 일 없다고 말할까 하다가 그만두었다. 말해 봤자 안 믿을 게 뻔했다. 신청서에 순순히 이름을 적었다. 이 주 뒤에도 내 결심이 달라지지 않으면 그때 자퇴서가 처리된다고 했다. 언제 어떻게 처리되든 내 알 바 아니었다. 어차피 학교에 다시 올 일 없을 테니까.

그런데 담임이 종이를 한 장 더 내밀었다. 마음에 드는 걸로 천천히 골라 보라고 인심 좋은 문구점 아저씨 표정을 지었다. 뭔데 저러나 싶어 종이를 받아 들었다.

상담 교실, 심리 검사, 원예 치료, 사진 수업, 제과 제빵 강습,

네일 아트 체험, 나무 의자 제작, 천연 비누/화장품 만들기

맨 위에 굵은 글씨로 '학업 중단 숙려 프로그램'이라고 적혀 있었다. 헛웃음이 나왔다. 나는 숙려 기간이라고 해서 그냥 나 혼자 집에서 생각만 하면 되는 줄 알았다. 그런데 아니었다. 이 주 동안 꾸역꾸역 어딘가에 가서 하다못해 천연 비누라도 한 개 만들어야만 나의 숙려를 인정받을 수 있었다. 종이를 대충 접어 교복 주머니에 넣었다.

교문을 빠져나오다 마지막으로 뒤를 한 번 돌아봤다. 크게 애정은 없으나 그래도 학교한테 충고 몇 마디 해 주기로 했다.

숙려 같은 소리 하고 있네. 어렵게 말하면 있어 보이냐? 머리에 든 것도 없으면서. 네가 그래서 안 되는 거야. 제발 진짜로 좀 살자, 어?

정말 갈 생각은 없었다. '나무 의자 제작' 프로그램에 참여하겠다고 말은 했지만, 교무실을 빠져나오기 위해 적당히 둘러댔을 뿐이다. 담임도 내가 거기를 가든 안 가든 크게 신경 쓸 것 같지 않았다. 딱 보니까 그랬다.

그런데 정작 집에서 일이 터졌다. 엄마가 나한테 말 한마디 없이 여학생 전용 기숙 학원에 등록을 해 버렸다. 경기도 양평 무슨 산

밑에 있는 학원이고, 당장 내일모레부터 수업이라고 했다. 엄마는 여전히 걸음이 재빨랐다. 나는 어릴 때부터 엄마를 쫓아가느라 맨날 종아리가 아팠다. 그렇다고 멈춰 설 수도 없었다. 사람들 사이로 엄마가 사라져 버릴까 봐 가슴이 조마조마했다.

얼마 전 한바탕 전쟁 치를 각오로 자퇴 얘기를 꺼냈을 때, 엄마는 뜻밖의 대답을 했다.

"잘 생각했네."

칭찬받을 이유가 하나도 없는데 이상했다.

"어차피 그 내신으로 들이밀 수시도 없어. 괜히 학교 왔다 갔다 시간 뺏기지 말고 학원에서 수능 준비나 해."

엄마는 나보다 훨씬 큰 그림을 그리고 있었다. 전혀 예상치 못한 일이었다.

아침부터 밤까지 외우고 또 외우고 구역질이 나게 외워도 아무 소용없어, 엄마.

나는 솔직하게 말하는 대신 애매하게 웃는 쪽을 택했다. 피할 수 있는 싸움은 피하는 게 낫다고 생각했다. 그리고 그 결과, 학교를 탈출한 지 하루 만에 이름도 모르는 산 밑으로 다시 끌려갈 운명에 처하고 말았다.

"나 거기 못 가. 이 주 동안 숙려 기간이랬어. 아직 자퇴한 거 아니라고."

내 입으로 절대 내뱉을 일 없을 것 같던 말이 자동으로 튀어나왔다. 엄마가 눈을 껌뻑이며 물었다.

"이 주 동안 무슨 기간이라고?"

"숙려 기간! 원래 그런 거 있어. 자퇴하려면 꼭 해야 돼. 그래서 나 지금 의자 만들러 가야 된다고!"

후다닥 집을 빠져나왔다. 하늘은 기가 막히게 푸르렀고, 길에는 교복 입은 애들이 하나도 없었다.

목공소는 역 뒤편에 있었다. 역 앞으로는 크고 번듯한 신도시 건물들이 부채처럼 펼쳐져 있는데 뒷골목으로 가니 풍경이 확 달랐다. 과연 장사가 될까 싶은 가게들이 옛날 냄새를 풍기며 쭉 늘어서 있었다. 나는 초등학교 다닐 때 신도시로 이사 왔지만 이쪽으로는 한 번도 올 일이 없었다. 목공소 안쪽에서 기계 돌아가는 소리가 났다.

사부는 보자마자 자기를 '사부'라고 부르라 했다. 선생님보다는 나을 것 같아서 알았다고 했다.

"너 만들고 싶은 의자 아무거나 만들면 돼. 저쪽에 있는 나무랑 이 연장통 안에 있는 거 뭐든지 써도 되고, 모르는 거 있으면 물어보고."

그러고는 다시 자기 일을 했다. '의자 만드는 법쯤은 학교에서 다 배웠지?' 하는 분위기였다. 십 년 동안 죽어라 의자에 앉아 있긴 했지만, 만드는 법은커녕 의자를 유심히 들여다본 기억도 없었다. 의자는 늘 거기에 있었고, 누구의 눈에도 띄지 않았다.

"저기 딴 애들이 만든 의자 몇 개 있으니까 구경 먼저 하든가."

사부가 가리키는 쪽으로 가 봤다. 의자라고 부르기 좀 뭐한, 웃기고 희한한 모양의 의자들이 한데 모여 있었다.

어떤 의자는 산에서 막 주워 온 것 같은 나무를 등받이로 박아 놔서 나뭇가지가 사슴뿔처럼 얼기설기 뻗쳐 있었다. 앉자마자 머리통이 콱 찔릴 것 같았다. 또 어떤 의자는 다리가 세 개 밖에 없는데다 그나마도 어린애 손가락처럼 가늘어서 금방이라도 쓰러질 것처럼 보였다. 고양이 의자인가 싶을 정도로 아주 작은 것도 있고, 바닥에 굴러다니는 나무토막 주어다 대강 쌓아 올렸나 싶게 허술한 것도 있었다.

맨 구석에 있는 의자는 온통 못 천지였다. 바닥과 등받이에 백 개도 넘는 못들이 박혀 있었다. 일부러 그랬는지 실력이 없어 그랬는지 못이 끝까지 박히지 않고 높낮이가 다 다르게 들쭉날쭉 솟아 있었다. 고문 도구로나 쓰면 적당할 의자였다. 전부 둘러보고 나니 뭘 어떻게 해야 할지 더 막막했다.

나는 연장통에서 망치와 못 한 움큼을 꺼내 왔다. 의자 따위 아무렇게나 만들고 핫도그나 먹으러 갈 생각이었다. 애초에 목공소를 찾아오는 게 아니었다. 어디서든 시간 좀 때우다 집에 가면 그만이었는데, 기어이 학교에서 시키는 대로 여기 와 이러고 있는 내가 한심할 따름이었다.

슬슬 식은땀이 났다. 나무를 덧댄 곳에 못을 하나 박으려 했을 뿐인데 도무지 마음대로 되지가 않았다. 망치 머리가 자꾸 엉뚱한 데로 떨어졌다. 망치에 빗맞을 때마다 못이 맥을 못 추고 휘어졌고, 한 번 휘어진 못은 다시 펴지지 않았다. 허리 굽은 못이 점점 쌓여 갔다.

"아야."

못을 붙잡고 있던 손가락 위로 망치를 내려치고 말았다. 망치랑 못을 다 내던지고 손가락을 입에 넣었다. 눈물이 찔끔 났다.

"너 뭐 하냐?"

돌아보니 한쪽 눈에 안대를 한 여자애가 나를 내려다보고 있었다. 얼른 눈물을 문질러 닦았다.

"사부가 장갑 끼라고 말 안 했냐? 저 아저씨가 진짜! 여기서 장갑 안 끼면 큰일 나. 망치질 할 때도 그렇고, 저기 톱 보이지? 장갑 안 끼고 톱 쓰다가 자기 손가락 썰어 버린 애가 한둘이 아니야. 저녁에 여기 청소하면 바닥에 손가락 몇 개씩 막 굴러다닌다고. 아, 그리고 전기톱 쓸 때는 고글도 꼭 써야 돼. 나무 조각이 튀어서 눈알에 박힌 애도 있거든."

거짓말 같은 얘기를 정색하고 길게도 했다. 나를 놀리는 게 분명한데 자꾸 아이의 안대에 눈이 갔다.

설마 자기의 슬픈 사연을 농담 삼아 떠벌리는 건 아니겠지.

아이 표정을 살피느라 대꾸할 타이밍을 놓쳤다.

"난이 왔구나. 잘됐다. 내가 오늘 납품 때문에 정신이 없어 그러는데, 네가 새로 온 애 잠깐 봐줄래? 못 박는 법도 좀 가르쳐 주고."

사부가 기계를 끄고 우리 쪽을 향해 소리를 질렀다. 사부는 아까부터 다리미처럼 생긴 기계를 들고 나무를 다듬고 있었다. 기계가 다시 왜애애앵 시끄러운 소리를 내며 돌아갔다.

안대를 한 난이가 어디선가 장갑을 가져와 내밀었다. 두툼한 목장갑이었다. 얼른 받아 손에 꼈다. 아까 망치로 내려친 손가락이 아직도 얼얼했다.

"짧게 세 번, 길게 한 번. 요것만 기억하면 돼."

난이가 나무 위에 못을 하나 대더니 망치로 땅, 땅, 땅, 짧게 세 번 내리쳤다. 그러자 못이 꼿꼿하게 허리를 편 채 오뚝하니 섰다. 그 위에다 망치로 따앙, 한 번 더 세게 치자 못이 안쪽으로 쑤욱 파고들었다.

땅, 땅, 땅, 따앙! 땅, 땅, 땅, 따앙!

길쭉한 못이 어느새 나무 속으로 다 숨어 버렸다. 신기하기 짝이 없었다. 난이가 망치를 나에게 넘겨주었다.

"자, 이제 네가 해. 나도 내 의자 손봐야 돼서."

그러더니 웃기는 의자들이 모여 있는 데로 걸어가 그중 하나를 번쩍 들고 다시 왔다. 나는 벌어진 입을 다물지 못했다. 난이가 들고 온 것은 고문 도구로나 쓰면 적당할 바로 그 못 의자였다.

땅, 땅, 땅, 따앙! 땅, 땅, 땅, 따앙!

못은 이미 넘치게 박힌 것 같은데 난이가 못과 못 사이에 새 못을 계속 박아 넣었다. 아무도 못 앉는 의자를 만들 생각인지 못을 다 박지 않고 삐죽삐죽 가시처럼 남겨 두었다.

나는 다음 날도 목공소에 갔다. 일찌감치 집을 나왔는데 갈 데가 없었다. 오후나 저녁때는 어디든 가도 괜찮은데 애들이 다 학교에 있는 오전에는 혼자 밖을 나다니는 게 좀 그랬다. 사람들이 "쟤 뭐야?" 하며 수군대는 것 같아 괜히 어깨가 움츠러들었다. 차라리 목공소에 처박혀 의자나 만드는 편이 나았다.

옆에서 난이가 못 박는 소리를 들으며 공책에다 의자 그림을 그렸다. 어차피 만들 거라면 진짜 내 맘에 드는 의자를 만들고 싶었다. 한나절을 그렸다 지웠다 하다가 마침내 의자 모양을 하나 완성했다. 다 그리고 보니, 마치 오래전부터 내가 원하던 의자 같았고 당장이라도 만들고 싶어 손이 근질근질했다. 마음이 어제 다르고 오늘 다르다는 사실이 좀 지질하게 느껴졌지만 모르는 척했다.

나는 구석에 있던 기다란 목재를 작업대 위에 올려놓고 톱으로 자르기 시작했다. 톱질을 할 때마다 나무가 제멋대로 흔들렸다. 난이가 얼른 나무 위에 올라가 엉덩이에 힘을 주고 앉았다. 들썩대던 나무가 겨우 얌전해졌다.

쓱쓱쓱쓱, 쓱쓱쓱.

나는 줄자로 길이를 재어 가며 길거나 짧게 나무들을 잘라 냈다.

톱 쥔 손아귀가 아리고 어깨가 빠질 듯했지만, 안대를 한 난이를 보니 전기톱 쓸 엄두가 나지 않았다.

사부는 그동안 납품할 의자 한 쌍을 마무리했다. 등받이는 길쭉한 토끼 귀 모양이고 부드럽게 휜 다리 끝마다 도톰한 토끼 발이 조각되어 있었다. 꽤 그럴듯한 의자였다.

그런데 의자 두 개가 어딘가 모르게 살짝 달라 보였다. 요리조리 뜯어보다가 그 이유를 알아챘다. 한쪽 의자의 토끼 발이 다른 쪽 의자의 발보다 좀 벌어져 있었다. 등받이 토끼 귀도 한쪽은 곧고 짱짱한데, 다른 쪽은 약간 매가리가 없었다. 일부러 그렇게 한 건지, 만들다 보니 그리 된 건지 알기 어려웠다.

"얘네 둘이 좀 다른 거 같은데 괜찮아요?"

내가 토끼 귀를 만지작거리며 물었다.

"이 세상에 똑같은 의자는 없다."

사부가 대답했다. 의자를 똑같이 만들 자신이 없다는 소리처럼 들렸지만 더 따져 묻지 않았다.

사부가 의자를 배달하러 간 사이, 난이와 내가 목공소 안을 청소했다. 난이가 비질을 하다 말고 빗자루로 나를 툭 쳤다.

"넌 학교 왜 그만뒀냐?"

"어떤 노래 때문에."

"노래? 뭐야, 완전 시시하네."

학교 그만둔 진짜 이유를 누군가에게 처음 말했다.

"넌 왜 그만뒀는데?"

"난 학폭 때문에."

학폭 정도면 나한테 시시하다고 말할 자격이 충분했다. 가해자 쪽인지, 피해자 쪽인지 물어볼까 하다가 그만두었다.

"라면 먹을래?"

난이가 안쪽에서 컵라면을 두 개 들고나왔다. 나는 빗자루를 던져두고 전기 주전자에 물을 부어 끓였다. 우리는 목공소 앞에 쭈그리고 앉아 뜨거운 라면을 호호 불며 먹었다.

"다리야, 저기 있는 그라인더 좀 갖다줄래?"

나는 사부가 손으로 가리키는 기계를 가져다주었다. 사부는 언제부터인가 나를 '다리'라고 불렀다. 내가 만든 의자 때문이었다. 나는 사다리 모양 의자를 만들었다. 디딤대를 세 번 딛고 올라서야 비로소 의자에 앉을 수 있는, 다리가 아주 긴 의자였다.

난이도 진짜 이름이 아니었다. 여기저기 못이 튀어나온 못난이 의자를 만들었다고 '난이'로 불릴 뿐이었다. '뭐가 중요한데?' 싶어서 우리도 사부처럼 서로를 난이야, 다리야, 하고 불렀다.

사부는 내 의자를 보고 제법이라고 했다. 진짜 앉을 수 있는 의자를 만든 애가 손에 꼽힌다면서 그것만으로도 훌륭하다고 했다. 갑자기 난이가 목공소 구석에 있는 담요를 들고나왔다. 날카로운 연장들을 덮어 두는 낡은 담요였다. 난이는 담요를 대충대충 개더니 못난이 의자 위에 방석처럼 얹고 그 위에 날름 올라앉았다. 엉덩이가 하나도 안 배기고, 앉기에 아주 편하다면서 휘휘 휘파람까지 불었다.

나는 연장을 챙기다 말고 사부를 돌아봤다.

"근데요, 사부. 저 첫날부터 물어보고 싶은 게 있었는데요."

"뭔데?"

"사부는 드릴이랑 나사못이랑 저거 이름 뭐죠? 아, 타카랑 저런 거 다 쓰면서 우리는 왜 못이랑 망치만 쓰라 그래요?"

"너희는 시간 많잖아. 나는 바쁜 사람이고."

"우리도 바쁘거든요."

"학교도 안 다니면서 뭐가 바빠? 슬슬 놀면서 살아. 아직은 그래도 돼."

의자 한 쌍을 똑같이 못 만드는 사부가 우리한테 이래라저래라 충고를 했다. 난이는 코웃음을 쳤고 나는 어깨를 으쓱했다.

사다리 의자를 끌고 목공소 앞으로 나갔다. 역 뒷골목에는 사람들이 띄엄띄엄 지나갔다. 나는 조심스레 디딤대를 딛고 의자 위로 올라갔다. 발을 옮길 때마다 의자가 중심을 잃고 휘청거렸다. 아무래도 다리 사이에 지지대를 몇 개 더 박아야 할 것 같았다.

높은 의자에 앉아 먼 곳을 보았다. 앞쪽 가게 지붕 너머로 하늘이 펼쳐져 있었다. 나는 주머니에 있는 이어폰을 꺼내 양쪽 귀에 꽂았다.

높은 마음으로 살아야지
낮은 몸에 갇혀 있대도

바로 이 노래 때문이었다. 노래를 오백 번쯤 듣고 나니, 더는 학교에 갇혀 별거 아닌 사람 취급 받으며 살고 싶지 않아졌다. 나는 높은 마음으로 살고 싶었다. 남보다 잘하는 건 하나도 없지만, 그래도 마음먹은 대로는 살 수 있을 것 같았다. 엄마가 알면 무슨 헛소리냐고 또 야단을 하겠지만, 나는 학교 밖에서 높은 마음으로 잘 살아갈 자신 있었다.

이마에 와 닿는 바람이 차가웠다. 이제 학교가 마지막으로 시킨 일을 할 때였다. 지금은 숙려 기간이고, 그러니 온 힘을 다해 생각해야만 한다. 당장 엄마와의 싸움에서 어떻게 살아남을지에 대해.

나는 어떻게든 살아남기로 결심했다.

작가 노트

울타리는 두 얼굴을 가진 듯합니다. 삶의 보호막인 동시에 내 몸을 가두는 장벽이 되기도 하니까요. 울타리를 부수고 나온다 해도 혼란스럽기는 마찬가지입니다. 발길 닿는 대로 어디든 갈 수 있지만, 때로는 어두운 숲의 막막함을 견디어야 합니다.

학교 울타리를 스스로 넘고자 했던 아이를 한 명 알고 있습니다. 한동안 기타를 치며 나직나직 노래를 부르더군요. 나는 노래들이 꽤 무거웠다고 기억하는데, 정작 아이는 그 시절을 휴일 오후의 풍경쯤으로 여깁니다. 그러면 되었다 싶습니다.

모든 울타리에 문이 있고, 누구나 그 문을 자유로이 오갈 수 있다면 얼마나 좋을까요. 배움은 안과 밖 어디에나 존재하며, 답을 구하는 이에게는 산길에서 마주친 고라니도 기꺼이 스승이 되어 줄 것입니다.

김중미

+ 작가 노트

김중미

2000년 『괭이부리말 아이들』로 창비 '좋은 어린이책' 원고 공모에서 창작 부문 대상을 받으면서 작가로 이름을 알렸다. 지은 책으로 동화 『종이밥』 『내 동생 아영이』 『똥바다에 게가 산다』 『꽃섬 고양이』, 청소년소설 『나의 동두천』 『조커와 나』 『모두 깜언』 『그날, 고양이가 내게로 왔다』, 그림책 『모여라, 유랑인형극단!』 『6번길을 지켜라 뚝딱』, 에세이 『다시 길을 떠나다』 『꽃은 많을수록 좋다』, 강연집 『존재, 감』 등이 있다.

웃어도 괜찮아

*

우리 오빠는 초등학교 6학년 때 발달 장애 판정을 받았다. 오빠는 아스퍼거 증후군이었다. 오빠가 나와 좀 다르다는 것을 느낀 건 초등학교에 입학한 뒤였다. 오빠는 학교에 갈 때마다 엄마와 한바탕 싸움을 했다. 오빠는 늘 입는 옷이 정해져 있었다. 새 옷을 사 줘도 입던 옷을 내놓으라고 고집을 피웠다. 언젠가는 세탁기에서 꺼낸 퀴퀴한 냄새 나는 옷을 입고 학교에 갔고, 언젠가는 채 마르지 않은 옷을 다리느라 엄마가 애를 먹기도 했다. 옷을 한 번 사면 작아져 솔기가 터질 때까지 입었다. 오빠는 다른 사람들의 감정을 잘 느끼지 못했다. 슬픈 드라마나 영화를 봐도 울지 않았고, 엄마가 울고 있어도 심드렁했다. 심지어 아빠가 돌아가셨을 때도 울지 않았다. 그렇다고 오빠가 울 줄 모르는 건 아니었다. 오히려 오빠는 너무 많이 울었다. 자기 물건이 제자리에 있지 않다고 울고, 발이 커져서 자기가 가장 좋아하는 파워레인저 운동화를 더는 신지 못한다고 울고, 밥상에 햄과 달걀이 빠졌다고 울었다. 오빠는 잘 웃지도 않았다. 무안한 일이 있거나 어색할 때 멋쩍은 웃음을 지을 뿐이었다.

초등학교 1학년, 아빠가 돌아가셨던 때가 기억난다. 장례가 끝나고 텅 빈 집으로 돌아왔는데 아빠의 빈자리가 확 다가왔다. 나도 모르게 눈물이 쏟아졌다. 그러나 오빠는 표정 없는 얼굴로 텔레비전을 켰다.

"오빠는 안 슬퍼?"

오빠가 텔레비전을 바라보며 높낮이가 없는 말투로 대답했다.

"태양계에서 가장 먼 행성은 해왕성이야. 태양계의 아홉 번째 행성이었던 명왕성은 태양계에서 퇴출됐지. 그 대신 행성 번호 134340을 얻게 됐어."

나는 아직도 그날 오빠의 대답을 이해하지 못한다. 나중에 내 말을 들은 엄마는 그게 오빠가 슬픔을 대하는 방법이라고 했지만, 내가 그날 이후로 깨달은 것은 오빠가 나와 참 많이 다른 사람이라는 것이었다. 오빠는 친구들과도 어울리지 못했다. 고학년이 되고

부터는 따돌림을 당했다. 그래서 엄마는 학년이 바뀔 때마다 오빠네 학급에다 햄버거와 피자를 돌리며 오빠와 잘 놀아 달라고 부탁을 했다. 친구들은 마지못해 오빠를 야구나 축구 게임에 끼워 주었다. 그러나 오빠는 태양계에서 퇴출된 명왕성처럼 친구들에게서 번번이 퇴출을 당했다. 오빠는 야구보다 야구공의 속 재질이 고무인지 코르크인지, 겉이 소가죽인지 말가죽인지에 더 관심이 많았다. 운동장에서 직접 축구를 하는 것보다 축구의 룰을 따지는 걸 더 좋아했다. 오빠는 잘난 척하는 바보라고 놀림을 받았다. 나는 그런 오빠가 창피했다.

엄마의 목표는 오빠가 어른이 되었을 때 혼자서도 사회생활을 할 수 있게 하는 거였다. 내가 보기에는 불가능한 일 같았지만 엄마는 희망을 놓지 않았다. 오빠의 유일한 취미는 모양 자를 대고 그림을 그리는 것이었다. 모양 자에 대한 유별난 집착으로 오빠는 책상 서랍을 갖가지 모양 자로 가득 채웠다. 오빠가 모은 각양각색의 모양 자를 보다 보면 어쩌면 오빠 같은 사람들이 꽤 많을지도 모른다는 생각이 들었다. 나는 오빠가 어른이 되면 오빠 같은 사람을 만나 행복하게 살았으면 좋겠다고 생각했다. 오빠가 자로 그림을 그리는 모습을 유심히 보던 엄마가 어느 날 말했다.

"너희 오빠의 재능을 알아냈어."

엄마는 오빠를 데리고 집에서 한 시간이나 걸리는 복지관 목공

교실을 다니기 시작했다. 오빠는 엄마의 기대에 어긋나지 않게 제법 그럴싸한 물건들을 만들기 시작했다. 필통, 독서대, 그리고 작은 의자와 찻상, 책꽂이까지. 오빠는 나무를 만질 때만큼은 평온하고 자신감이 넘쳐 보였다.

"나의 제도 실력은 대한민국 최고야."

오빠가 그렇게 으스대면 엄마는 다른 데서는 그런 말을 하지 말라고 신신당부를 했다.

"왜요?"

"사람들은 그런 걸 잘난 척이라고 생각하거든."

엄마 말에 오빠가 정색을 했다.

"이건 잘난 척이 아니죠, 어머니. 사실이죠."

"그래도 사람들은 잘난 척이라고 생각할 거야."

오빠가 어깨를 으쓱하며 말했다.

"사람들 마음은 참 이해하기 힘들어요. 마음도 선과 직각으로 되어 있다면 얼마나 좋을까요? 그럼 제가 이해하기가 참 좋을 텐데 말이에요."

엄마는 오빠를 목공과가 있는 특성화 고등학교에 보내고 싶어 했지만 그런 걸 가르치는 고등학교는 없었다. 할 수 없이 목공 수업과 가장 비슷한 인테리어디자인과가 있는 특성화 고등학교에 진학했다. 엄마가 걱정스럽게 학교생활에 대해 물으면 오빠는 중학교 때보다는 괜찮다고 말했다. 적어도 자기를 때리는 애들은 없다고 했다. 어느 날 텔레비전을 보다 엄마가 무릎을 쳤다.

"네 오빠가 고등학교를 졸업하면 저기 데리고 가서 전통 창호를 전수받게 해야겠다. 드디어 너희 오빠한테 딱 맞는 일을 찾았어!"

텔레비전 화면에서는 전통 목재 창호 기능장이라는 할아버지가 후계자가 없어 고민이라는 인터뷰를 하고 있었다.

어느 날 엄마가 들뜬 목소리로 말했다.

"세정아, 오빠가 현장 실습 나간대."

"현장 실습?"

"응. 특성화 고등학교는 고3 때 현장 실습 나가게 해 주잖아. 장애인 실습생도 받아 주는 회사가 있다면서 취업 담당 선생님이 연결해 주셨어."

"무슨 회사?"

"전자 회사."

"아니 인테리어디자인과에서 전자 회사로 실습을 나가?"

"원래 다 그렇대. 어차피 네 오빠는 기술을 배우는 것보다 사회생활 경험을 쌓는 게 중요하니까. 비장애인들도 전공 맞춰 실습 나가는 경우는 거의 없대. 글쎄, 월급도 받는단다."

"얼만데?"

"백만 원 정도 된대."

"와, 대박! 많이 주네?"

엄마가 씁쓸하게 말했다.

"많이 받는 건 아니지. 최저 임금도 안 되는데. 그래도 실습할 기회가 생긴다는 게 어디니. 내가 어제 가 봤는데 깨끗하고 괜찮아. 본사는 서울에 있고. 나름 탄탄한 데래. 삼 년 연속 장애인 고용 우수상을 받은 회사라서 그런지 식당도 깨끗하고, 라인마다 장애인들이 한두 명씩 있대."

오빠는 회사 가는 걸 좋아했다. 학교 갈 때보다 훨씬 밝은 얼굴로 집을 나섰다. 엄마는 학교에서와 달리 같이 일하는 사람들이 나이가 많아서 배려를 해 주는 것 같다고 했다. 어느 날 집으로 택배 한 꾸러미가 배달되었다. 열어 보니 전부 남자 옷이었다.

"엄마 이게 다 뭐야?"

"네 오빠가 옷 사 달라고 해서."

"오빠가? 옷을?"

"여자 친구 생겼거든."

엄마가 싱긋이 웃으며 말했다.

"여자 친구? 박기정이?"

"응."

"말도 안 돼. 오빠가 누굴 좋아한다고? 오빠가 그래? 여자 친구 맞아?"

"응. 고백받았는데 자기도 좋대. 나도 한 번 봤는데 애가 아주 귀여워. 잘 웃고, 붙임성도 좋고. 원래 윌리엄스 증후군 친구들이 사교성이 좋은 편이라고 하더라고."

"윌리엄스 증후군?"

"응, 다운 증후군처럼 염색체 이상으로 오는 장애래. 네 오빠처럼 발달 장애야. 네 오빠가 나리랑 사귀고부터 밝아졌어. 회사 갔다 오면 말이 많아. 같이 일하는 부서에 청각 장애가 있는 누나가 있는데 자기랑 나리한테 잘해 준대. 주로 셋이 작은 전자 제품을 포장하고, 이주 노동자들이랑 경력 있는 사람들은 큰 제품을 포장한다나 봐. 자기는 거기서 계속 일하고 싶단다. 내가 너는 전통 창호 전수자가 돼야지 했더니, 자기는 나리랑 계속 같이 일할 거래. 아주 웃겨."

"오빠가 그렇게 자세히 이야기를 한단 말이야?"

"응."

어느 날인가는 오빠가 나리 언니를 집에 데려왔다. 오빠가 친구를 집에 데려 온 건 그날이 처음이었다. 엄마는 눈물까지 글썽이며 나리 언니를 맞아 주었다. 분홍색 원피스에 분홍색 양말을 신고 분홍색 머리띠를 한 나리 언니는 오빠 손을 꼭 잡고 있었다. 오빠가 키가 한 뼘 작은 나리 언니를 보며 웃었다. 오빠가 그렇게 따뜻하게 웃을 수 있는 사람이라는 걸 그때 처음 알았다.

*

그날은 수능 전날이었다. 덕분에 야간 자율 학습도 없어서 친구들과 노래방에 갔다. 놀고 나와서 스마트폰을 열었더니 전화가 여러 번 와 있었다. 메시지도 여러 개였다.

오빠 사고 났어. 동광병원으로 와.

메시지를 보자마자 택시를 탔는데, 마침 라디오에서 뉴스가 나오고 있었다.

"오늘 저녁 7시 20분, 경기도 용담시 소재 희망전자에서 화재가 발생해 여덟 명이 숨지고 세 명이 응급 치료를 받고 있습니다. 소방당국은 사망자가 대부분은 2층에서 발생했고 질식사한 것으로 발표했습니다……."

오빠의 사인은 질식사였다. 함께 사망한 일곱 명과 같았다. 오빠가 있던 방에서 살아남은 사람은 둘뿐이었다. 화재의 원인은 누전이었다. 언론에서는 공장이 패널로 만든 조립식 건물이어서 순식간에 불이 번졌고, 화학 연기에 질식해 피해자가 많아졌다고 했다. 유가족들은 불이 난 지 이십 분 동안 화재 신고가 안 된 이유와 왜 B동 2층에 있던 여덟 명만 죽었는지 원인을 밝히라고 요구했지만 회사는 경찰 조사가 끝난 뒤 얘기하겠다고만 반복했다. 시립 병원

장례식장에 빈소를 차렸다. 오빠와 같은 방에 있다가 탈출해 병원에 입원해 있던 조장 아저씨가 유가족들 앞에 무릎을 꿇었다.

"죄송합니다. 저희는 불이 난 것도 몰랐어요. 스프링클러도 작동 안 하고 화재경보기도 안 울렸어요. 그런데 갑자기 연기가 들어오더니 정말 순식간에 앞이 하나도 안 보였어요. 제가 막 소리를 치며 문으로 나가라고 소리를 쳤어요. 애들이 겁이 나서 우는데 어디가 어딘지 도대체 분간이 안 됐습니다. 금세 숨을 못 쉬겠더라고요. 저도 모르게 쓰러졌는데 누가 내 팔뚝을 잡아끌었어요. 나와서 보니 반장님이었어요. 반장님도 애들을 구조하고 싶어 했지만 아무것도 보이지 않았고 숨도 쉴 수 없었어요. 애들이 공장 구조를 잘 몰랐어요. 밖으로 나가는 비상구가 있긴 했는데 평소에 잠가 두니까."

엄마는 아이처럼 엉엉 우는 아저씨를 일으켜 세우며 말했다.

"아저씨 탓이 아니에요."

우리에게 상황을 전해 준 조장 아저씨는 그 뒤로 만날 수 없었다. 경찰 조사를 받는다고 했고, 회사에서 유가족을 못 만나게 한다고도 했다.

유가족들은 장례식이 끝난 지 일주일 만에 농성을 시작했다. 학교와 회사는 오빠와 나리 언니의 죽음에 대한 책임을 서로 떠넘겼고, 인도네시아 출신의 두 노동자 중 한 명이 불법 체류자라 보상도 제대로 받지 못하게 되었다. 사고가 난 뒤에야 오빠와 나리 언니의 사수였다는 청각 장애인 미라 언니가 정규직이 아니라 계약직이었다는 사실이 밝혀졌다. 그 밖에 한국인 노동자들은 용역 회사에서 파견을 보낸 노동자들이었다. 더구나 학교에서는 실습생 신분인 오빠와 나리 언니가 날마다 저녁 8시까지 연장 근무를 하는 것도 몰랐다. 학교는 그 회사가 장애인 고용 우수 기업으로 표창을 여러 개 받은 회사였기 때문에 믿고 맡겼다는 말만 되뇌었다. 경찰 조사 결과 조장 아저씨 말대로 비상구는 잠겨 있었고, 화재경보기가 고장이 나 있었다. 그런데도 한 달 전 있었던 건물 안전 진단에서는 '문제 없음'으로 나왔고, 화재가 난 뒤 회사가 구조 활동을 제대로 하지 않았다는 것도 밝혀졌다. 언론에서는 경찰 조사가 마무리 되는 대로 책임자가 법적 처벌을 받을 거라고 보도했다. 그러나 그걸로 끝이었다. 언론에서는 노동자들의 억울한 죽음에 대해서 더는 말하지 않았고, 사람들은 자신의 일이 아니므로 금세 잊었다.

나는 그때 죽음의 무게가 사람마다 다르다는 것을 알았다. 오빠가 죽은 화재 사건이 일어나고 사흘 뒤 유명한 정치인이 죽었다. 꽤 존경받던 인물이었는지 텔레비전 뉴스에서 길게 늘어선 조문객의 행렬과 그의 업적을 계속 보여 주었다. 그런데 나는 그 장면이 불편했다. 화재로 여덟 명이 죽었는데도 무덤덤하던 사람들이 한 정치인의 죽음을 애도하고 안타까워했다. 시청 앞에 농성장을 차릴 때쯤 오빠네 맞은편 공장에서는 태국에서 온 이주 노동자가 목을 매서 죽었다. 그러나 그 죽음은 유명 대학 교수가 우울증을 앓다 목을 맨 사건으로 묻혔다. 엄마는 억울해서 견딜 수가 없다고 날마다 울부짖었다. 학교 친구들은 내게 섣불리 위로의 말을 하지도 못했다. 나를 불쌍하게 보는 친구들 앞에서 울 수도, 웃을 수 없었다. 담임 선생님은 어려운 일이 있으면 언제든지 말하라며 상담 선생님을 찾아가라고 했다. 상담 선생님께 말했다. 억울해서 잠이 안 온다고. 죽음에도 차등이 있는 것 같아 화가 난다고 말했다. 그러자 상담 선생님이 말했다. 네 마음을 다 이해한다고, 원래 사랑하는 사람을 잃으면 그런 생각이 든다고, 그러나 그건 어쩔 수 없는 사고였다고. 차차 나아질 거라고.

엄마가 다른 유가족과 함께 시청 앞에 농성장을 차린다고 했을 때 외갓집 식구들, 친가 식구들 모두 반대했다. 이모가 말했다.

"언니, 억울해도 참아. 이제까지 억울하다고 싸워서 이긴 사람들이 있어? 단식 농성, 굴뚝 농성, 오체투지…… 전부 달걀로 바위치기였어. 수백 명, 수십 명이 죽은 사건이 널렸는데, 겨우 여덟 명 죽은 사건에 누가 관심을 갖겠어? 더욱이 죽은 사람들이 다 장애인이랑 이주 노동자들이야. 아무도 관심 갖지 않아. 적당히 보상금 받아서 세정이랑 살아."

나도 엄마가 거기서 멈추길 바랐다. 그러나 엄마는 직장까지 그만두고 아르바이트를 하면서 농성장을 세우고 지켰다. 내내 농성장에서 자다가 어쩌다 집에서 자는 날이면 잠결에도 소리 내어 울었다. 나는 엄마의 울음을 모르는 척했다. 엄마랑 자매처럼 지내던 아파트 부녀회 아줌마들은 엄마를 만날 때마다 장애 아들은 이제 편히 보내주고 적당히 보상받아서 세정이랑 잘 살라고 충고했다. 아파트 상가에 있는 공인 중개사 할아버지는 지나가는 나를 붙잡고 오빠 보상금이 얼마나 되느냐고 물었다. 나는 엄마에게 이제 정말 그만하자고, 그렇지 않으면 집을 나가겠다고 애원이라도 해야겠다 생각했다.

*

그날은 크리스마스이브였다. 엄마한테 최후통첩을 하러 농성장에 가야겠다고 생각했다. 오랜만에 가면서 빈손으로 가는 건 아닌 것 같아 크리스마스 케이크를 사서 농성장이 있는 시청 앞 광장으로 갔다. 그러나 선뜻 다가가지는 못하고 농성장이 보이는 커피 트럭 옆에 서서 한참을 바라보기만 했다. 농성을 시작하던 가을에 친 파란색 천막은 비닐을 겹겹이 두른 방한용 천막이 되어 있었다. 눈이라도 오려는지 먹빛 구름으로 뒤덮인 하늘이 천막에 추레함을 더했다. 날씨 탓인지 무관심 탓인지 농성장에 눈길을 주는 행인들은 별로 없었다. 엄마는 다른 유가족들과 간간이 웃으며 뜨개질을 하고 있었다. 집에 있을 때보다 훨씬 밝아 보였다. 그런데 커피 트럭에서 커피를 사던 중년 여성 두 명이 농성장 쪽을 보며 말했다.

"저 사람들 겨울 됐는데도 여전하네."

"그러게. 그런데 저 아줌마들 웃고 있는 거 아니니? 자식 잃고 억울하고 슬퍼서 농성한다는 사람들이 저러면 안 되지."

"같은 처지인 사람들끼리 얘기하다 웃을 수도 있지. 우리도 엄마 장례식 때 웃고 그랬잖아."

"그거랑 다르지. 저 사람들은 보상 더 받으려고 저러고 있는 거잖아. 저러니 사람들이 죽은 사람 이용해서 돈 번다고 하는 거야."

"에이. 그런 말 하지 마. 보상 더 받으려고 하는 건 아니래. 공장에 화재 예방 시설도 부족했고, 장애인 학생들 야근시킨 거, 이주노동자들 고용한 거 다 불법이었대."

"사업하려면 그 정도 불법 안 하는 사람이 어디 있어? 저 회사는 장애인 고용 우수 기업 상장도 받은 데래. 화재 사건 나고 회사가 휘청거린대. 나라 경제를 생각해서라도 적당히 해야지."

한두 번 듣는 말도 아닌데 화가 치밀었다. 아무것도 모르면서 비난하지 말라고 소리치고 싶었으나 내가 유족인 것이 티 날까 봐 애써 참았다. 두 여자가 커피를 사 들고 떠난 뒤 나도 천막 쪽으로 가려는데, 광장을 에워싼 고층 건물 사이에서 불어온 골바람이 천막 앞 탁자 위의 종이와 물건들을 휩쓸고 지나갔다. 천막 안에서 몇 사람이 뛰어나와 바람에 날리는 종이를 줍느라 허둥거렸다. 그 모습이 궁상맞고 처량해 보여 짜증이 났지만, 나도 그쪽으로 가서 바람에 떨어진 물건들을 주웠다. 엄마가 그런 나를 보고 달려 나왔다.

"아이고, 우리 세정이가 웬일이야? 우리 딸이 크리스마스 깜짝 선물이네."

"뭐래?"

엄마의 호들갑이 무안해서 퉁명스럽게 대답하고 천막 안으로 들어갔다.

"춥지? 이리 와서 난로 불 좀 쬐어라."

나리 언니네 엄마가 반가워하며 난로 쪽으로 플라스틱 의자를 놓아 주었다. 오랜만에 와 보니 천막 안에 있는 살림살이가 늘어나 있었다. 나무판자로 대충 만들어 보온 덮개를 깔았던 평상 위에는 전기장판이 깔려 있고, 차렵이불도 몇 채가 있었다. 평상 옆으로는 두유와 비타민 음료 같은 먹을거리들이 층층이 쌓여 있고 전기난로도 두 개가 있었다. 처음 천막을 쳤을 때와 달리 온기와 활기가 느껴졌다.

"살림이 늘었지? 저거 다 지나가는 사람들이 슬쩍슬쩍 주고 간 거야. 우리를 지지해 주는 사람들도 많아."

"살림이 늘기는, 완전 피란민 수용소네."

속마음과 다르게 내뱉은 말에 엄마가 눈을 흘기며 말했다.

"그런 말 하면 속이 편하니? 그러지 말고 서로 인사나 해. 민수야, 나희야. 이리 와."

엄마가 뒤에 서 있던 민수 오빠와 나희를 소개했다.

민수 오빠가 먼저 다가와 손을 내밀었다.

"잘 왔어. 장례식장에서 보고 처음이지? 난 민수야. 미라 누나 동생."

"네, 알아요. 기억해요."

나희도 생글생글 웃으며 말했다.

"나는 나리 언니 동생. 알지? 그런데 너 가까이서 보니까 은근 기정이 오빠랑 많이 닮았다."

"내가?"

내 말에 나희의 표정이 굳어졌다.

"기분 나빴다면 미안해."

"기분 나쁜 거 아냐."

"그럼 다행이고. 사실 나는 우리 언니랑 닮았다고 하면 엄청 싫었거든. 우리 언니는 진짜 부끄러운 걸 하나도 몰랐어. 언니네 반 애들이 부추겨서 노래하라면 노래하고, 춤추라고 하면 춤추고. 우리 언니 얼굴에 화장품을 떡칠해 놓고 SNS에 올려서 웃음거리가 되기도 했어. 나는 정말 죽고 싶을 정도로 창피한데 우리 언니는 그렇게라도 친구들과 어울리고 싶어 했거든. 그래서 나는 언니가 차라리 어디론가 가 버렸으면 좋겠다고 생각했어. 그런데 언니가 진짜 가 버리고 나니까 너무 그리워. 나 되게 재수 없지?"

나는 스스럼없이 언니 얘기를 하는 나희가 놀라웠다. 그러나 나희 말에 선뜻 대답하지 못했다. 나 또한 그렇게 재수 없는 애였기 때문이다.

하루 종일 하늘이 찌푸려 있더니 저녁 무렵부터 진눈깨비가 내리고 점점 눈발이 굵어졌다. 나희가 광장을 바라보며 소리쳤다.

"와, 눈이다. 눈. 화이트 크리스마스야."

지나가던 사람들이 우리 쪽을 흘낏거렸다. 순간 불편한 마음이 들었다.

"왜 그렇게 크게 말해. 사람들이 쳐다보잖아."

내 말에 민수 오빠가 말했다.

"그래서 불편해?"

내가 대꾸 없이 우물쭈물 하자 민수 오빠가 말했다.

"괜찮아. 눈 보고 좋아하는 건데 뭐. 가족이 죽은 사람들은 눈 보고 좋아하지도 말아야 해? 나도 처음 여기에 있을 땐 웃지도 말고 떠들지도 말고 화내지도 말아야 한다고 생각했어. 우리는 가족을 잃은 사람들이니까. 그런데 문득 그런 생각이 들더라. 이렇게 같은 고통을 가진 사람들끼리라도 울고 웃을 수 있어야지. 그래야 버티지. 누가 뭐라고 하건 여기서는 웃음이 힘이야. 이 농성장에 있는 여섯 가족. 그리고 이주민 지원 센터 분들이 똘똘 뭉칠 수 있는 힘."

"그런데 아까 보니까 지나가던 사람들이 유족들이 웃는다고 뭐라 하던데."

"그런 말 하는 사람 많아. 그렇지만 그런 사람들만 있는 건 아니야. 우리를 응원해 주는 사람들도 많아. 솔직히 나도 아직 친구들하고 있을 땐 이렇게 웃어도 되는 건지 자꾸 자기 검열을 해. 그렇지만 우리가 같이 있을 땐 괜찮아. 너도 웃어. 그래야 버텨."

그날 이후로 겨울 방학 내내 농성장에 나갔다. 나희와 민수 오빠와 함께 오빠의 빈자리에 대해 처음으로 이야기할 수 있었다. 장애인인 형제자매 때문에 겪었던 차별과 외로움에 대해 털어놓을 수 있었다. 나는 농성장에서 나희와 민수 오빠를 만나고 나서야 오빠가 나리 언니한테 보여 준 그 웃음을 이해했다. 서로의 아픔을 이해한다는 것, 같은 아픔을 지닌 사람들이 손을 잡는 것이 어떤 의미인지도 비로소 이해했다. 우리는 같은 아픔을 지닌 덕에 세상과 고립된 장애인 가족이 아니라 서로 함께하는 가족이 되었다.

*

어느덧 나는 고등학교 3학년이 되었다. 영정 사진 속 오빠는 여전히 고등학교 3학년이다. 고3이 되고부터는 주말에만 시청 앞 농성장으로 간다. 오빠는 세상에 없는데 나는 대학을 준비하고 미래를 꿈꾸는 게 괜찮은 일인지 자꾸 묻게 된다. 얼마 전부터 막 연애를 시작한 나희도 남자 친구를 만날 때마다 나리 언니가 우리 오빠를 만나며 행복해하던 모습이 떠오르면서 미안해진다고 했다.

대학에 복학한 민수 오빠가 하루도 빠짐없이 농성장에 가는 까닭도 우리와 같은 마음에서일 거다. 오빠가 떠나고 나서야 오빠와 내가 많이 달랐지만 존재의 무게는 다르지 않다는 것을 알았다. 오빠의 빈자리를 다른 존재로 메울 수 없다는 것도 알았다. 이 농성이 언제 끝날지 나는 모른다. 오빠를 잃은 슬픔에서 언제쯤 벗어날 수 있는지도 모른다. 다행히 나희와 민수 오빠를 만나면서 이 슬픔에서 빨리 벗어나야만 한다는 조바심이 줄었다. 이 슬픔은 오빠와 나리 언니, 미라 언니와 인도네시아에서 온 노동자들의 죽음의 무게가 다른 어떤 이들의 죽음의 무게에 비해 가볍지 않다는 것을 세상이 인정했을 때 벗어날 수 있을 거다. 그래서 나는 오늘도 농성장으로 간다. 오빠의 죽음의 무게를 세상과 나누기 위해. 같이 슬퍼하고, 같이 웃기 위해.

'피해자다움'이라는 말을 접한 것은 4·16 세월호 참사 이후였다. 성폭력 피해자, 사회나 국가 폭력의 피해자들에게 요구되는 '피해자다움'은 타인의 고통에 공감하지 못하는 이들의 몫니다. 세월호 유가족들이 오 년을 버텨 온 힘은 그와 같은 고통을 지닌 이들의 연대 덕분이었을 것이다. 함께 광화문 광장을 지키고, 안산 분향소를 지키고, 도보 행진과 오체투지를 하고, 단식을 하고, 청와대 앞에서 일인 시위를 하는 동안 그들은 함께해 준 사람들 덕분에 종종 웃고 종종 슬픔을 잊었다.

그런데 그 웃음을 꼬투리 삼아 '피해자다움'을 요구하는 언론과 사람들이 있었다. 그런 비난을 들으면 내가 인간이라는 것이 부끄러워져 쥐구멍에 숨고 싶었다. 세월호 참사가 일어나고 이 년 뒤 대학생이 된 세월호 생존자와 유가족을 만난 적이 있다. 세월호 참

사 희생자의 형제자매로, 생존자로 만나 함께하게 된 이들은 자신들만의 공간이 생기고 나서야 비로소 웃을 수 있었다고 고백했다.

사람은 혼자서는 웃을 수 없다. 웃음은 관계 속에서 나온다. 웃음은 견고한 슬픔과 고립을 깨는 힘이다.

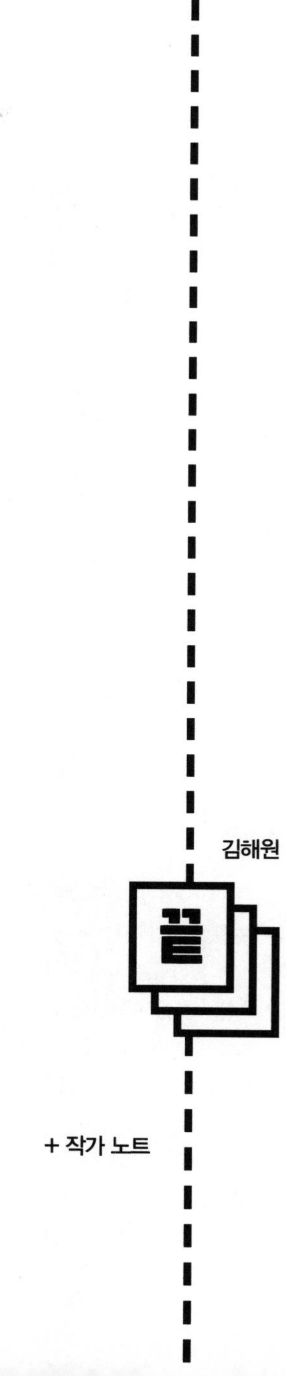
김해원
끝
+ 작가 노트

김해원

2000년 한국일보 신춘문예로 등단했다. 『열일곱 살의 털』로 제6회 사계절문학상 대상을 받았다. 제4회 창원아동문학상을 받은 『오월의 달리기』를 비롯해 『추락하는 것은 복근이 없다』 『고래벽화』 『나는 그냥 나예요』 등의 작품을 썼고, 함께 쓴 책으로 『내일의 무게』 『세븐틴 세븐틴』 『조용한 식탁』 『그날 밤 우리는 비밀을』 등이 있다.

끝

프로 레슬링이나 라면이나 가장 중요한 건 타이밍이다. 타이밍을 놓치면 레슬러는 묵사발이 되고, 라면은 불어 터진다. 링 바닥에 나자빠진 털보는 모서리 기둥을 잡고 로프 위로 올라서는 빅쇼를 힐끔거렸다. 빅쇼가 공중에서 몸을 날려 제 몸을 덮치면 눈치껏 피해야 할 테니까. 정작 빅쇼는 로프에서 쉬 손을 떼지 못했다. 구부정하게 허리를 굽힌 채 오른발을 기둥에 번디뎠다가 다시 로프에 내려놓았다. 빅쇼가 굼지럭거리는 동안 털보는 발랑 누워 있기만 한 게 민망한지 괜히 제 가슴팍을 손으로 쥐어뜯으면서 고통스러운 표정을 지었다. 그 사이 빅쇼는 가까스로 로프에서 손을 떼고 일어섰다.

"저이한테는 아무도 못 당해! 덩치만 큰 게 아니라니까."

마트 주인 할머니는 텔레비전 화면에서 눈을 떼지 못했다. 빅쇼의 거대한 몸이 링 위로 떨어지는 순간 털보는 옆으로 슬쩍 비켜 누웠다. 공격과 수비의 타이밍이 절묘하진 않았다. 빅쇼의 왼쪽 어깨가 털보의 가슴을 살짝 스치기만 하는 게 카메라에 딱 잡혔다. 그래도 털보는 각본대로 몸을 비틀면서 괴로워했고, 빅쇼는 뛰어내린 충격이 얼마나 큰지 보여 주려는 듯 바닥을 나뒹굴었다. 둘 다 최선을 다해 연기했다. 관중들은 환호했고, 할머니는 의자에서 벌떡 일어났다. 주방으로 성큼성큼 걸어가는 할머니 뒤로 털보를 어설프게 찍어 누르고 이긴 빅쇼의 테마 노래가 흘러나왔다.

때를 잘 맞춰 왔다. 마트 할머니가 라면을 끓이는 동안 두 번째 경기는 시작하지 않을 테고, 할머니는 라면에 집중할 것이다. 그저께는 할머니가 좋아하는 레슬러가 경기 시작 전에 느닷없이 링에 올라와 은퇴 선언을 했다. 얼굴이 반반한 그는 이십 대에 앓은 백혈병이 재발해서 링을 떠나게 되었다며 울먹였다. 할머니는 달걀 푼 그릇을 든 채 텔레비전 앞으로 달려왔다. 결국 그날 내 저녁은 퉁퉁 불어서 씹기도 전에 흐무러졌다. 그래도 그깟 레슬링 때문에 면이 불었느니 어쨌느니 불평할 수 없었다. 금성마트에서 레슬링을 폄하하는 것은 금기다. 옛날이나 요즘이나 레슬링은 다 쇼라며 빈정거리는 사람들은 대갈빡이 깨져 피가 철철 나는 것도 쇼냐고 소리치는 할머니를 당해 내지 못하고 내쫓겼다. 할머니는 그들 뒤통수에 대고 중얼거렸다. 세상이 원래 다 짜고 치는 고스톱인데 그걸 몰라! 등신들.

나는 탁자 위 수저통에서 숟가락을 꺼내 젓가락 옆에 가지런히 놓았다. 빅쇼가 이겼으니 할머니가 공깃밥 한 그릇을 덤으로 줄 수도 있다. 수저통 뚜껑을 닫다가 탁자 옆 진열대에, 정확히 말하면 주방 세제와 비닐 포장된 빨랫비누가 켜켜이 쌓여 있는 칸에 생뚱맞게 놓여 있는 수첩이 눈에 띄었다. 손바닥만 한 검은색 가죽 수첩은 두툼했다. 하루하루 메모가 가능한 다이어리 같았다. 계산대 뒷벽에 걸린 큰 달력에 치과 가는 날이나 손자 생일 따위를 적어 놓는 마트 할머니가 쓸 법한 건 아니었다. 나는 슬그머니 수첩을 끌어당겨 들춰 봤다. 수첩 주인의 이름과 주소 따위를 적는 맨 끝장에는 아무것도 적혀 있지 않았다. 수첩은 깨끗했다. 5월과 6월 달력에 중간고사, 기말고사, 개학이라고 적어 놓은 작은 글씨는 인쇄된 글자처럼 반듯했다. 기말고사가 끝나는 날부터 날짜에 가위표를 해 놓지 않았다면 새것인 줄 알 뻔했다. 가위표는 개학 날인 엊그제 8월 28일까지 이어졌다. 가름끈이 끼워져 있는 9월 달력에는 1일에 빨간 동그라미가 쳐져 있었다. 그리고 그 날짜 아래 선명하게 '끝'이라고 적혀 있었다. 수첩 주인은 9월 1일을 손꼽아 기다리면서 날짜를 지우고 있는 모양이었다.

시험 날짜와 개학 날짜를 봐서는 우리 학교 학생이 두고 간 게 분명했다. 그렇다면 수첩 주인은 둘 중 하나다. 학교 뒷동네 좁은

골목에 숨어 있는 금성마트에서 라면을 사 먹는 학생은 나를 포함해 딱 세 명뿐이니까. 대부분의 애들은 금성마트 존재를 몰랐고, 금성마트에서 야매로 라면을 끓여 주는 걸 아는 애들도 거의 없었고, 안다고 하더라도 학교 정문 코앞에 온갖 컵라면과 즉석식품을 완비한 편의점을 놔두고 이곳까지 올 리 없었다.

나는 퍼뜩 검은색의 묵직한 수첩 위로 3학년 '긴치마'의 어두운 얼굴이 겹쳐졌다. 긴치마의 교복 치마는 무릎을 덮을 만큼 길었다. 치마 길이로 인격을 가늠하는 어른들이 보면 긴치마는 될성부른 떡잎인 것이다. 기를 쓰고 치마 길이를 줄이는 아이들 틈바구니에서 어른들이 정한 기준을 완벽하게 준수한 떡잎은 라면을 먹을 적마다 핸드폰으로 바다를 헤엄치는 고래 영상을 봤다. 동영상에 등장하는 고래는 파란 바다 한가운데에서 분수처럼 숨 기둥을 뿜어대거나, 배를 보이면서 물 밖으로 높이 솟구쳐 올랐다. 어쩌면 긴치마는 어른들이 짜 놓은 세상에서 훌훌 벗어나 고래처럼 마음껏 세상을 유영하고 싶은 건지도 모른다. 수첩이 자유를 갈망하는 긴치마의 것이라면 9월 1일의 '끝'은 학교에 속박되어 있던 십이 년의 세월을 끝내겠다는 선언일 수 있다.

수첩에 적힌 '끝'의 쌍기역은 아주 반듯하게 꺾여 있었다. 끝, 끝, 끝……. 라면 국물에 밥을 말면서 수많은 끝을 생각했다. 끝끝내, 끝내기, 끝마치다, 끝판…… 끝이 매달고 있는 낱말은 대개 비장하고 불길했다. 그 끝이 낼모레다.

"그랴, 까불어도 너무 까부네. 끝장을 봐!"

끝으로 시작하는 말에는 끝장도 있다. 할머니는 프로 레슬링의 진부한 결말을 훤히 꿰뚫고 있으면서도 때때로 흥분했다. 할머니 말대로 레슬러들은 끝장을 보고 있었다. 마스크가 의자를 휘두르는 빡빡이를 번쩍 들어 링 밖으로 내동댕이쳤다. 링 위에서 끝장은 승패를 가르지만, 수험생의 끝장은 아주 위험한 걸 가를 수 있다. 바닥에 엎어져 있던 빡빡이는 비척거리면서 기어이 링 위로 다시 올라가 카운트를 하는 심판을 거꾸러뜨렸다. 저들의 공연은 아직 끝날 때가 되지 않은 거다.

다른 사람의 '끝'에 관여하는 건 무모한 일이라는 것을, 쉬는 시간마다 4층 3학년 여학생 교실을 눈으로 훑으면서 깨달았다. 3학년 교실에서 사람을 찾는 건 쉽지 않았다. 그들은 쉬는 시간에도 하나같이 교실에 틀어박혀 책상에 엎드려 있었다. 여름 방학 내내 밤늦게까지 보충 수업을 하느라 햇빛을 못 본 희멀건 얼굴은 분별하기 어려울 만큼 똑같았다. 마치 책상 위에 똑같이 깎은 흉상을 얹어 놓은 것 같았다. 마침내 점심시간에 3학년 9반 교실 창가 맨 끝자리에 엎드려 있는 수첩 주인을 알아본 건 긴치마의 가방 주머니에 매달려 있는 커다란 고래 인형 덕분이었다. 긴치마는 책상 위에 가지런히 쌓아 놓은 참고서에 이마를 얹은 채 다소곳하게 엎드려 있었다. 자는 것이 아니라 틀린 답은 절대로 용납하지 않는 참고서와 작별 의식을 치르며 자기 방식대로 '끝'을 준비하는 것일지도 모른다.

나는 교실 문을 조심스럽게 열었다. 사실 이방인의 출입을 저지할 사람은 없었다. 낮잠을 자는 수험생들은 웬만해서는 깨어나지 않을 것이다. 이들을 깨울 수 있는 것은 오로지 수업 시작종뿐이다. 나는 수첩을 긴치마 머리맡에 살짝 올려놓고 나올 생각이었다. 하지만 책상 위에 수첩을 내려놓는 순간 긴치마가 내 쪽으로 얼굴을 틀더니 눈을 번쩍 떴다. 공포 영화의 한 장면 같았다. 나는 소스라치게 놀라 뒤로 한 걸음 물러섰다. 역시나 자는 게 아니었다.

긴치마는 머리를 참고서에서 떼지 않은 채 중얼거렸다.

"뭐냐?"

"그게, 금성마트서……."

내가 수첩을 손가락으로 가리키자 긴치마가 몸을 일으켜 앉았다. 긴치마는 수첩을 집어 들어 몇 장 넘기다가 가름끈이 끼워져 있는 쪽을 펼치더니 '끝' 아래에 붙은 쪽지를 떼어서 들여다봤다. 내가 쓴 쪽지를 내 앞에서 읽었다. 나는 민망해서 얼른 교실에서 뛰어나왔다. 부지런히 계단을 내려가는데 긴치마가 뒤를 쫓아왔다.

"야, 2학년!"

긴치마의 손에는 수첩이 들려 있었다. 나는 멈춰 선 채 성큼성큼 계단을 내려오는 긴치마를 바라봤다. 이마에 엎드려 있던 흔적이 고스란히 남아 있었다. 나는 긴치마 이마의 불그스름한 자국을 보다가 눈을 내리깔았다. 고맙다고 하면 낯간지러울 테고, 울기라도 하면 정말 난감할 판이었다. 그렇지만 긴치마는 내게 수첩을 내밀면서 짐작도 못한 말을 했다.

"이거 내 거 아냐."

"네?"

"9월 1일, 그날이 중요한 날이긴 한데, 이건 내 수첩이 아니라고."

나는 얼결에 수첩을 받아 들었다. 낯간지럽고 난감했다. 가장 먼저 떠오른 건 '끝'에 붙인 쪽지였다. 나야말로 여기서 인생이든 뭐든 끝내고 싶었다. 나는 머뭇대다 기껏 이렇게 말했다.

"근데 9월 1일이 무슨 날인데요?"

"일본 돌고래의 날. 일본이 돌고래를 학살하는 걸 반대하는 날이야. 인간 말종들!"

긴치마는 걸걸한 목소리로 고래를 학살하는 바다 건너 말종들을 향해 아주 거친 욕을 내뱉었다. 그러고는 통통통 계단을 올라가면서 소리쳤다.

"그 수첩 2학년 남자애 거 아냐?"

팔을 휘저으면서 사라지는 긴치마의 뒷모습을 나는 멍하니 바라봤다. 그는 고래를 학살하는 인간 말종들을 링 위로 끌어 올려 끝장을 볼지언정 학업 스트레스로 지친 수험생의 극단적인 '끝'을 선택할 사람이 아니다. 긴치마가 눈앞에서 사라지자마자 수첩을 펼쳤다. 메모지를 붙여 놓은 자리는 비어 있었다. 나는 밤새 고심해서 쓴 문장이 선명하게 떠올라 견딜 수 없었다.

우리도 레슬링처럼 세상이 짜 놓은 각본에 따라 링에 오르죠.

처음부터 금성마트에서 수첩을 들고 나오지 말았어야 했지만, 남의 인생을 어떻게 해 보겠다는 패기를 부려서도 안 되는 거였다.

링 위에 있는 한 우리는 인생에 승자와 패자가 있다고 믿어요.

나는 당장 3학년 9반 교실로 달려가 긴치마가 떼어 놓은 쪽지를 찾아 찢어발기고 싶었다. 1학기 때 어느 단체에서 하는 전국 백일장에서 대상을 탔다고 연락받은 날만큼 부끄러웠다. 그날 교감은 나와 2학년 문학 선생님들을 교무실로 불렀다. 교감은 시상식 때 대상 탄 학생이 소속된 학교까지 상패를 준다는데, 학교 대표로 갈 선생이 없다며 얼굴을 찌푸렸다. 그러고는 나를 힐끗 보면서 심드렁하게 말했다.

"학원 다닌 거니? 대상 타면 특기자로 특례 입학에 유리하다며? 요즘 애들은 참 요령도 많아. 문학 선생님들, 특례 입학 좀 알아보고 우리도 문예반 하나 만들죠?"

나는 링 위에 올라 각본대로 라이벌을 제치고는 요란한 챔피언

벨트를 어깨에 걸친 레슬러가 된 것 같았다. 백일장에 나가면서 특례 입학을 염두에 두지 않은 건 아니었다. 예술고등학교 문예창작과 애들이 백일장에 얼마나 사력을 다하는지 잘 알고 있었다. 나는 차마 어려서부터 꿈이 작가였다는 말을 할 수 없었다. 그날 졸지에 문예반을 만들게 생긴 문학 선생님들은 나처럼 난감한 얼굴로 서 있었다.

교문 앞에 백일장 대상 수상을 알리는 현수막이 팽팽하게 내걸린 내내 부끄러워서 학교에 가고 싶지 않았다. 모두가 내 글이 대학 가는 요령에 불과하다고 생각할 것 같았다. 글도 공부도 다 때려치우고 싶었다.

이제 우리는 스스로 링에서 내려와 자신만의 경기를 시작해야 해요.

쪽지에 쓴 시건방진 충고는 결국 나 자신한테 하는 말이었다.

긴치마 말대로 이 수첩이 긴치마 게 아니라면 진짜 주인은 2학년 3반 강두석이다. 금성마트에서 종종 만나는 강두석은 늘 작은 공책 한 권을 손에 들고 다녔다. 그 공책에는 괴물처럼 생긴 레슬러들이 빽빽하게 그려져 있었다. 강두석은 라면을 다 먹고도 계산대 쪽에 앉아 프로 레슬링 경기를 힐끔대면서 그림을 그렸다. 그는 간간이 레슬러들의 이력이나 레슬링의 규칙 따위를 떠들어 댔다.

레슬러가 은퇴를 선언하는 바람에 불어 터진 라면을 먹은 그날도 강두석은 텔레비전 앞에 쪼그려 앉아 그림을 그리고 있었다.

"저 선수가 처음에 삼인 스테이블로 나왔을 때는 고대 검투사 캐릭터로 꽤 인기가 있었어요. 얼굴이 좀 되잖아요. 그런데 혼자 뛰면서 실력이 형편없는 게 드러나 폭망했죠. 그래도 오늘 엔딩은 꽤 감동적이네요."

강두석은 마트 할머니가 즐겨보는데도 백혈병에 걸린 게 각본이라고 했다. 도대체 강두석의 '엔딩'은 무엇일까? 사실 별로 궁금하지 않아서 수첩을 도로 마트에 가져다 놓을까 고민하다가 석식 시간에 3반 교실로 갔다. 나는 어수선한 교실을 기웃대다가 복도로 나오는 애한테 강두석을 불러 달라고 했다. 그 애는 교실 쪽에 대고 소리쳤다.

"강두돌! 강두돌! 누가 왔어!"

교실에서는 강두석이 강두돌로 변신하는 모양이었다. 나는 어정어정 교실 밖으로 나온 강두석에게 다짜고짜 수첩을 내밀었다. 빨리 끝내고 싶었다.

"이거 네 거지?"

"이게? 왜?"

긴치마가 그랬듯이 강두석의 입에서 나온 말도 전혀 예상하지 못한 말이었다.

"네 거 아냐? 금성마트에 두고 온 거 아냐?"

"아닌데……."

강두석은 고개를 내저었다. 9월 1일은 그의 '끝'도 아니었다. 또 헛짚은 것이다. 나는 내밀었던 수첩을 얼른 거뒀다. 그런데 강두석이 수첩이 들려 있는 내 손을 뚫어지게 보면서 중얼거렸다.

"그 수첩 문학 선생님 것 같은데?"

"문학 선생님? 어떤 문학?"

"2학년 문과 샘. 금성마트 제일 오래된 단골이라던데. 우리 학교 졸업생이래. 옛날에는 금성마트가 유명해서 학생들이 줄 서서 라면을 사 먹었다는데, 그때부터 다녔다고……."

"정말?"

"응. 그렇대. 근데 오늘은 라면 먹으러 안 가?"

나는 고개를 내저었다. 그리고 뒤돌아서는데, 강두석이 우물우물 말했다.

"나…… 네가 백일장에서 상 탄 글 봤어."

멈칫했다. 도대체 그건 왜 찾아본 거야. 강두석은 제 목덜미를 긁적이면서 말을 이었다.

"저기 그게……. 게임을 만들려고 하는데……. 레슬링 경기야. 게임하는 사람이 경기에 출전시킬 선수와 각본을 직접 짜는 거야. 그래서 게임 스토리 쓸 사람이 필요한데…… 같이 할래?"

대답할 수 없었다. 내일이면 9월인데도 이번 주 내내 열대야가 이어지고 있었다. 급식실로 가는 아이와 급식실에서 돌아오는 아이들로 북적이는 복도는 더 후끈거렸다. 나는 얼굴이 화끈거려 얼른 뒤돌아섰다. 강두석이 내 뒤통수에 대고 소리쳤다.

"아, 너는 그런 글은 안 쓰나?"

강두석은 내 글을 뭐라고 생각하는 걸까? 대학에 가려고 백일장이나 쫓아다니면서 쓰는 글이라는 걸까? 나는 뒤돌아보지 않았다.

수첩 주인이 문학 선생님이라는 건 도무지 믿기지 않았다. 애들한테 그냥 '문학'이라고 불리는 문학 선생님은 까칠하고 엄격했다. 첫 시간에 문학은 수업 시간에 대놓고 자거나 욕을 하면 수행평가에 반영하겠다고 엄포를 놓더니, 실제로 그렇게 했다. 수업 시간에 단 일 분도 늦지 않았고, 단 일 분도 먼저 끝내지 않았다. 애들은 수업 시간에 절대로 웃지 않는 문학을 무서워했다. 그는 백일장에서 상 탄 내 글을 본 뒤에도 웃음기 없는 얼굴로 말했다.

"좋던데……."

그런데……. 나는 그가 내뱉지 않은 말을 생각했다. 그런데 그만큼만 쓰면 대학에 갈 수 있는 거니? 아마 그도 교감처럼 내가 이미 짜 놓은 각본을 들고 링 위에 오른 것으로 생각할 것이다.

야간 자율 학습을 끝내고 집에 가는 길에 금성마트에 들러 과자 한 봉지를 사면서 수첩을 진열대에 도로 올려놓았다. 그리고 수첩의 '끝'에 대해서 잊기로 했다. 만약 수첩이 문학 거라면 문학의 '끝'

은 어른들의 세상에서 벌어지는 대수롭지 않은 끝일 테니까.

9월 1일 아침, 학교는 별일 없이 시작되었다. 교실 에어컨은 쌩쌩 돌아갔고, 긴 열대야에 푹 절여진 애들은 아침부터 책상 위로 엎어졌다. 스피커에서 잡음과 함께 학생부장 목소리가 터져 나왔다.

"오늘부로 이성은 교감 선생님께서 전근을 가십니다. 우리 학교가 대학 진학률이 높은 명문고로 거듭나는 데 물심양면으로 애쓰신 교감 선생님의 노고에 감사드리며, 마지막 말씀을 듣겠습니다."

엎드려 졸고 있던 내 짝이 벌떡 일어나 앉으면서 나를 툭 쳤다.

"대박! 교감 전근 가는 거야?"

곧 익숙한 교감 목소리가 들렸다. 교감의 고별사는 백혈병에 걸려 링을 떠나는 레슬러와 다르게 길고 지루했다. 짝은 손거울을 들여다보면서 심드렁하게 말했다.

"정말 끝까지 말이 많아. 근데 너 상 받은 거 교감 아직 안 갖다 줬지?"

"그렇지 뭐."

나는 여름 방학 며칠 전에 치러진 백일장 시상식에 혼자 가서 상장과 학교에 주는 상패를 받아 왔다. 대리석으로 만든 무거운 상패는 내 사물함에 처박혀 있다. 교감이 상패를 가져오라고 했지만, 차일피일 미뤘다.

교감의 마지막 긴 인사가 끝나기도 전에 1교시 수업을 하려는 문학이 교실 문을 열고 들어섰다. 문학은 늘 그러듯이 무표정한 얼굴로 교탁에 교재를 내려놓았다. 엎드려 있던 애들은 억지로 몸을 일으켰다. 교감의 인사는 거의 끝나 가고 있었다.

"보이즈, 비 엠비시어스! 소년들이여, 야망을 가져라! 저는 여러분 나이에 이 말을 듣고 가슴이 뛰었어요. 여러분도, 꿈을 가지세요! 더 높은 곳을 바라보세요! 꿈을 꾸는 자만이 꿈을 이룰 수 있습니다! 운경고 파이팅!"

교감의 파이팅은 지지직거리는 마이크 잡음으로 힘없이 끝나 버렸다. 아이들은 시끄러운 스피커를 노려봤다. 나는 헛웃음이 나왔다. 꿈을 가지라고? 어른들한테 꿈은, 더 높은 곳은 명문 대학이겠지. 그런데 책을 펴던 문학도 나처럼 피식 웃었다. 왼쪽 입꼬리를 올린 문학이 고개를 들다가 나와 눈이 딱 마주쳤다. 우리 둘의 눈빛이 비켜 가는 찰나 그의 오른쪽 입꼬리도 올라갔다. 나는 그 웃음의 의미를 알 것 같았다. 그도 나처럼 웃긴 것이다. 꿈을 가지라는 공허한 외침이, 그걸 듣고 있는 우리가.

나는 금성마트 진열대에 있을 수첩을 떠올렸다. 그 수첩이 문학 거라면 손꼽아 기다린 9월 1일 '끝'은 야망을 채근하던 교감이 떠나는 이 순간일지 모른다. 어느새 문학은 등을 돌리고 서서 칠판에 한시를 적어 내려갔다. 나는 그의 꼿꼿한 등을 한참 바라봤다.

석식 시간에 사물함에 넣어 놓은 상패를 꺼내 쓰레기장에 갖다 버렸다. 이겼으나 부끄러웠던 경기는 완전히 끝났다. 다시는 링 위에 오르지 않을 것이다. 나는 불을 밝힌 교실들을 뒤로하고 교문을 나섰다. 라면 먹기 딱 좋은 날이다.

인종 차별을 비난하는 스탠드업 코미디를 보며 오랜만에 호쾌하게 웃다가 생각했다. 아직 웃음이 남아 있구나.

돌이켜 보면 나도 배를 잡고 웃던 때가 있었다. 정말 나뭇잎만 굴러가도 깔깔대던 그 시절에 '웃음'을 거의 소진했는지 모른다. 아니다. '웃음'은 절대적인 '공감'이 필요한데, 이제 내가 잘 웃지 않는 것은 아집으로 공감 능력이 떨어졌기 때문일 것이다.

하여간 웃음이 별로 남아 있지 않은 사람이 '웃음'을 소재로 글을 쓰고 보니 웃을 수 없는 글이 나온 것 같다. 굳이 변명하자면 세상을 알고 보니 그저 웃을 수만은 없어서……. 웃긴 변명이려나.